지은이 강주원

가끔은 세계를 여행하고
보통은 일상을 여행합니다.
여행하는 삶을 글과 영상으로 남깁니다.

Instagram   Youtube

"계획에 따라 마음을 움직이는 게 아니라,

마음에 따라 계획을 수정하기로 했다.

무계획에서 나오는 우연의 음악을 따라

신나게 춤추기로 했다."

MEXICO

SEATTLE

KOREA

EPILOGUE 168

PROLOGUE

답답했다. 갇혀 있는 기분이었다. 난 사람 만나길 좋아하고, 밖에 나돌길 좋아하는 성격이었다. 그런데 작년 한 해는 내 삶이 이래도 되나 싶을 정도로 집에 머무는 시간이 길었다. '코로나19'라는 특수한 상황 때문이기도 했지만, 지금 생각해 보면 스스로 나 자신을 가뒀던 것 같다.

새로운 사람을 만나려는 시도가 줄었다. 기존의 관계를 챙기는 것도 귀찮았다. 사람과의 대화보다 5인치 정도 되는 스마트폰 액정과의 일방적인 대화가 편했다.

새로운 일을 시도하려는 움직임도 줄었다. 갑자기 튀어오르는 아이디어를 주체할 수 없어, 마구 일을 벌이던 과거의 내가 아니었다. 기존의 삶을 지켜내기 위해 최소한의 노력만 했을 뿐이다. 얻기 위한 삶이 아니라 잃지 않기 위한 삶을 가까스로 살았던 것 같다.

　이런 날이 1년 넘게 이어졌다. 예전과 같지 않은 나 자신이 어색했고, 가끔은 불안했다. 그래서 뭐라도 해야 할 것 같은 생각에, 무미건조한 일상에 달리기와 수영이라는 취미를 얹었다. 달리기와 수영을 새로 시작하면서 답답한 마음이 조금은 해소됐지만, 충분하지 않았다. 투명한 방 안에 감금당한 기분이었다. 뭐가 나를 그렇게 답답하고 무기력하게 만들었을까. 이유를 딱 한 가지로 정의하기 힘들겠지만 '일상의 부재'가 그 원인이었던 것 같다.

　마음이 맞는 친구들을 만나 포차에서 술 한잔하며 이야기를 나누는 것, 관심사가 비슷한 사람들의 모임에 참석해 대화를 나누는 것, 내가 좋아하는 공연이나 페스티벌과 같은 행사에 참석해 에너지를 얻는 것. 이 모든 게 내겐 일상이었다. 그런데 내 의지와는 상관없이 일상이 사라졌다. 그제야 깨달았다. 당연하게 누려왔던 일상이 정말 특별한 순간이었다는 걸.

　조금 이상하게 들릴 수도 있겠지만, 매년 가던 시애틀

여행 또한 나에겐 소중한 일상이었다. 보통은 가을에 떠났다. 명절에 고향을 찾듯, 나는 가을에 시애틀을 찾았다. 하지만 이번엔 갈 수 없었다. 그래서 내년을 기약했지만, 내년 또한 장담할 수 없었다. 비행기를 타고 해외로 나간다는 생각조차 할 수 없는 상황이었다. 내가 잃어버린 수많은 일상에 '시애틀'이라는 소중한 일상까지 더해지니, 답답한 마음이 배가 됐다. 작년 한 해 동안, 여행의 부재는 그 어느 때보다 크게 느껴졌다. 이것으로부터 오는 공허한 마음을 달랠 길이 없었다.

무기력한 삶이 계속 이어지던 어느 날, 뜻밖에 풀린 잔여 백신을 맞았다. 백신을 맞아서 안전하다는 생각보다, 이제는 조금 자유로워질 수도 있겠다는 희망에 기분이 한결 가벼워졌다. 그 작은 희망 덕분에 오랜만에 웃을 수 있었다. 백신을 맞고 나서 몇 달 뒤, 나와 매년 시애틀 여행을 함께 하던 짝꿍도 백신 예약에 성공했다. 백신을 맞고 집으로 돌아오는 길, 나는 짝꿍에게 큰 기대 없이 말했다. "그럼 이제 우리 시애틀 갈 수 있는 건가?" 그녀는 웃으며 고개를 끄덕였다.

비행기 표 예매 사이트에 들어갔다. 예매하려고 한 건 아니었다. 비행기 표가 있기는 한 건지 궁금했다. 출발지는 인천공항, 도착지는 시애틀. 항공사가 전보다 많이 줄긴 했지만, 캐나다를 경유하는 비행기가 운항 중이었다. 그중 가장 저렴한 가격으로 날짜를 정하고, 최종 요금을 확인했다. 70만 원이었다. 비행시간이 길긴 했지만, 요금은 저렴했다. 중국을 경유했던 첫 시애틀 여행은 하루 하고도 반나절이 더 걸렸으니, 이 정도는 양호한 편이었다. 나는 또다시 물었다. "우리 이때 갈까?"

우린 어느새 일정을 확정 짓고 있었다. 날짜도 맞췄고, 비행기 표도 확인했고, 이제는 결제 버튼만 클릭하면 끝이었다. 여전히 긴가민가했다. 이 시국에 나가는 게 맞는 건지, 제대로 나갈 수는 있는 건지, 출국 절차는 어떻게 되는 건지, 미국 상황은 괜찮은지. 많은 것들이 확인되지 않은 상태였지만, 비행기 표 예매 사이트가 이렇게 말하고 있었다. "네, 당신은 이 비행기를 타고 인천공항에서 시애틀로 이동할 수 있습니다."

고민 끝에 결제 버튼을 눌렀다. 희망이 현실로 바뀌는 순간이었다. 비행기 표를 예매하고 나니, 이젠 돌이킬 수 없어, 라는 생각이 뒤따라왔다. 그렇다. 돌이킬 수 없었다. 이제는 비행기 표가 우리의 일정을 맞추는 게 아니라, 우리가 비행기 표의 일정에 맞춰야 했다. 돈이 아쉽지 않다면, 고민 없이 취소할 수도 있을 테지만, 난 돈이 아쉬운 사람이라 그런 상황은 최대한 피해야 했다. 결국, 남은 선택지는 하나밖에 없었다. 어떻게든 여행 일정에 맞춰 떠나는 거.

선택은, 선택하기 전까지가 가장 힘들다. 선택 후에는 내가 왜 이렇게까지 고민했을까 싶다. 비행기 표를 예매하고 나니, 다음은 일사천리였다. 출국에 필요한 코로나 음성 확인서를 받기 위해 임시선별검사소에 들러 검사를 받고, 동네 경찰서에 들러 국제 면허증을 발급받고, 41일 간의 여행을 위해 27인치 캐리어를 하나 더 사고, 2년 동안 옷장 위에 고이 모셔둔 또 다른 27인치 캐리어를 하나 더 꺼내 짐을 정리하고, 인천공항으로 향했다.

백신을 맞고, 비행기 표 예매 사이트를 기웃거리다가, 가장 저렴한 비행기 표 가격에 맞춰 떠나는 41일간의 여행. 우리의 여행 스타일이 그렇다. 날짜, 기간, 장소에 크게 얽매이지 않는다. 여행 중에도 언제, 어디로 갈지 구체적인 계획을 세우지 않는다. 그래서 고생하기도 하고, 아쉬움이 남기도 한다. 그래서 기대하지 않았던 추억을 만들기도 한다. 이번 여행도 아마 그렇게 될 것이다.

그 어느 때보다 계획 없이 얼떨결에 떠나는 이번 여행. 이 여행이 끝나고 나면 답답했던 내 마음이 조금은 해소될 수 있을까. 어리석은 질문이었다. 인천공항에 발을 딛자마자 그동안 나를 괴롭혔던 마음은 연기처럼 사라졌다. 대신 그 빈 자리를 기대와 설렘이 가득 채웠다. 과거를 추억하느라 깊은 늪에 빠져 있던 내 마음이, 어느새 미래를 향하고 있었다.

드디어 시작이다.
그 어느 때보다 특별한,
2021년 가을의 시애틀 여행.

SEATTLE
굳이 특별한 걸 하지 않아도

직항은 빠르고 비싸다. 경유하는 비행편은 느리고 피곤하지만, 싸다. 보통은 둘의 가격 차이가 1.5배에서 2배 정도 난다. 우린 약간의 불편함을 감수하고 밴쿠버를 경유하기로 했다. 불편함이라고는 하지만, 여행에선 불편함마저 즐거움이 된다. 잠시 머물다 떠나는 공항에서의 시간도 나중엔 추억이 되고 미소가 된다.

돈을 아끼기 위한 자기 합리화라고 생각할 수도 있지만, 경유하기 위해 들른 공항에서의 시간이, 나는 진심으로 즐겁다. 비행기를 기다리며 공항에서 시간을 보내고 있는 각국의 사람들을 보거나, 공항 내에 있는 편의점에 들러 한국에서는 볼 수 없는 과자와 음료를 구매하거나, 카페

나 햄버거를 파는 매장에 들러 요기를 하고 있으면 시간
이 금방 가서 아쉬울 정도다.

　아무튼, 우린 세 시간 정도 밴쿠버 공항을 여행하다가,
내가 타본 비행기 중 가장 작은 경비행기를 타고 시애틀
공항으로 향했다. 불편한 의자, 이어폰의 노이즈 캔슬링
기능을 뚫고 들어올 정도로 큰 비행기 소음에도 불구하고
깊은 잠에 빠졌다. 푹 자고 일어났더니 어느새 비행기가
착륙을 준비하고 있었다. 작은 창문으로 보이는 시애틀의
모습이 반가워 가슴이 뭉클해졌다.

　꿈에 그리던 시애틀이었다. 그리운 마음에 전에 찍었던
사진을 밤마다 돌려보던 바로 그곳이었다. 그것만으로는
모자라 유튜브 영상으로도 셀 수 없이 돌려보던 그곳이
었다. 그토록 그리워하던 곳에, 우리가 다시 발을 딛고 서
있다는 게 믿기지 않았다. 시애틀에 머물고 계시는 삼촌
이 우릴 마중 나온다고 해서, 그를 기다리며 공항 이곳저
곳을 돌아다니는데 기분이 묘했다. 너무 오랜만이라 가슴
이 두근거릴 줄 알았는데, 오히려 어제 왔던 것처럼 편안
하고 익숙했다. 마치 오랜만에 고향을 찾은 기분이었다.

여행은 첫날 밤을 어떻게 보내느냐가 굉장히 중요하다. 첫날 시차를 이기지 못하고 낮잠을 푹 자버린다거나, 낮잠을 자지 않고 잘 버텼지만 밤에 불현듯 눈이 떠진다면, 며칠 동안은 멍한 상태로 여행할 수밖에 없기 때문이다. 저번 여행은 시차 때문에 굉장히 고생해서, 이번엔 기내에서 아무것도 먹지 않고 물만 마시며 버텼다. 공복을 유지하는 게 시차에 도움이 된다는 소문을 들었기 때문이다. 하지만 소문이 잘못된 건지, 내가 소문을 잘못 이행한 건지, 첫날 잠을 자다 새벽 4시에 깨고 말았다. 그래도 새벽 2시에 깼던 전 여행에 비하면 양호한 편이었다.

잠이 깬 김에 문을 열고 나가 밖을 둘러봤다. 어깨를 으쓱하게 만드는 서늘한 날씨, 어두컴컴한 하늘에 뭉게뭉게 피어있는 하얀 구름, 산 정상에서나 마실 수 있을 법한 시원하고 청량한 공기. 모든 게 변하지 않고 그 자리에 있었다.

모든 게 좋았다. 내 컨디션만 빼고. 시차 때문일 수도 있고, 장시간의 비행 때문일 수도 있고, 미국에만 오면 발동하는 고질적인 비염 때문일 수도 있다. 첫날은 집에서 쉴까 했다. 뜨거운 꿀물이나 한 잔 마시면서 소파에 앉아 창밖을 바라보는 것만으로도 충분히 행복할 것 같았다. 그런데 시간이 지나자 환한 햇살이 창을 뚫고 나를 향해 들이치기 시작했다. 나가지 않을 수 없었다. 이건 기회였다. 여름을 제외하면 거의 매일 흐리거나 비가 오는 시애틀에서, 이렇게 화창한 날씨를 만나기란 쉽지 않은 일이니까.

우린 서둘러 나갈 채비를 마쳤다. 그런데 막상 나가려고 하니 갈만한 곳이 마땅치 않았다. 자동차는 일주일 후에 빌리기로 해서, 오늘은 도보로 이동하거나 버스를 이용해야 했다. 게다가 우리가 머무는 곳은, 시애틀 시내에서 꽤 떨어진 외곽이었다. 버스를 타고 시애틀 시내까지 가기 위해서 한 시간 반 정도가 걸리는 곳이었다. 이것도 버스가 제때 도착할 때의 이야기다. 보통 이런 외곽 지역의 버스는 제 시각에 도착하지 않는다. 그래도 나가야만 했다. 정처 없이 걷기라도 해야 했다.

우리가 급하게 고른 첫 여행지는 도보로 20분 거리에 있는 마트, 'SAFEWAY'였다. 첫 여행지가 동네 마트라는 게 우스울 수도 있지만, 우린 땅에 떨어진 낙엽을 밟으며, 바스락거리는 소리를 즐기며, 우리의 여행지를 향해 신나게 걸었다.

마트에 장을 보러 가는 건 아니었다. 짐을 실을 차도 없어 장을 보고 싶어도 볼 수 없었다. 하지만 상관없었다. 우린 마트에 물건을 사러 가는 게 아니라 물건을 구경하러 가는 거였으니까. 국내에선 물건을 구경하러 마트에 놀러 간다고 하면 이상한 사람 취급을 받을 테지만, 여행을 오면 동네 마트도 훌륭한 관광지가 된다.

오랜만에 마트에 들러 한국에서 보기 힘든 과자들, 저렴하고 다양한 와인들, 각종 의약품과 영양제들을 구경하다 보니 한 시간이 훌쩍 지나갔다. 실제로 구매한 건 고작 과자 한 봉지였지만, 아주 만족스러운 마트 관광이었다. 하지만 이대로 집에 돌아가기가 아쉬웠다. 여전히 날씨는 좋고, 여전히 햇살은 어딘가로 향하라고 우릴 부추기고 있었다. 그래서 근처에 있는 와인숍 'Total Wine'을 다음 목적지로 정했다.

코로나로 집에 갇혀 있는 기간 동안 전에 없던 취미를 하나 가지게 됐는데, 그게 바로 와인이다. 그저 취하기 위해 소주 아니면 값싼 양주 마시기를 즐기던 나는, 와인의 매력에 빠지기 시작했다. 처음에는 잘 취하지도 않는 이 비싼 술을 뭐가 좋다고 그렇게 마실까, 하는 생각이었다. 하지만 마시면 마실수록 내가 즐겨 마시는 커피와 비슷한 매력이 있는 와인에 끌리게 됐고, 나중에는 커피보다 와인을 더 즐겨 마실 정도로 와인 애호가가 됐다. 이제는 어딜 가나 와인이 없으면 아쉬움을 느낄 정도다. 와인에 관한 해박한 지식은 없지만, 그 누구보다 와인에 진심인 우리는, 미국 와인의 성지라고 하는 'Total Wine'에 가기 위해 버스를 기다렸다.

시애틀 시내는 비교적 대중교통이 잘 갖춰져 있지만, 여기는 그렇지 않았다. 버스가 대략 한 시간에 한 대씩 오기 때문에 버스를 놓치지 않기 위해 신경을 곤두세우고 있어야 했다. 한 번 놓치면 또다시 한 시간을 기다려야 했다. 우리가 타야 할 버스는 402번. 구글 맵을 켜서 도착 시각을 확인하니 대략 20분 후였다. 맑은 하늘, 도로 위를 달리는 가지각색의 자동차를 구경하다 보니 시간은 금방 지나갔다. 하지만 버스는 도착하지 않았다. 약속된 시간이 한참 지났지만, 402번 버스는 나타날 기미를 보이지 않았다. 뭔가 잘못됐다는 생각에 다시 구글 맵을 켰더니, 예상 도착 시각보다 5분이 지연되고 있다고 했다. '5분쯤이야, 조금만 더 기다리면 되지.'

그 5분은 10분이 되고, 10분은 20분이 됐다. 그래도 즐거웠다. '여긴 외곽이잖아? 버스가 지연되는 거야, 뭐, 이상한 일이 아니지.' 예상치 않은 불편함은 사람을 고통스럽게 만들지만, 예측 가능한 불편함은 충분히 감수할 만하다.

20분이 30분이 되고, 30분은 40분이 됐다. 예상 가능한

범위를 넘어선 지 오래였다. '43분 지연'이라는 알림을 본 순간, 이건 아니다 싶었다. 이 상태로 시간을 더 보내다간, 아름다운 여행 첫날의 추억이 고통으로 뒤바뀔 수도 있을 거란 생각이었다. 그래서 급히 우버를 불렀다. 이럴 거였으면 43분 전에 우버를 불렀을 텐데.

우버를 타니, 10분 만에 와인숍에 도착했다. 무려 한 시간을 투자해 들른 와인숍이었다. 하지만 여기도 손꼽아놓은 와인을 산다거나, 와인을 대량으로 구매하려고 들른 건 아니었다. 단지 와인을 구경하기 위해 들렀다. 우린 마치 박물관에서 고대 유물을 구경하듯 와인을 구경했다. 어마어마한 와인 종류에 놀라고, 말도 안 되는 와인 가격에 한 번 더 놀랐다. 한국에선 구하기 힘든 와인을 거의 절반 가격에 판매하고 있었다. 우린 저렴한 와인 가격에 약간의 충격을 받으며 신나게 구경하다가 그렇게 비싸지 않은 와인을 한 병 샀다. 그게 전부였다. 마트 구경을 하고, 버스를 한 시간이나 기다려 와인숍에 가서 와인을 구경하고, 와인을 한 병 산 것. 그게 여행 첫날에 우리가 한 일이었다.

　예전엔 여행이 특별해야 한다고 생각했다. 관광지란 관
광지는 모조리 훑어야 한다고 생각했다. 일분일초를 아껴
특별하다고 생각하는, 아니, 사람들이 특별하다고 말하는
곳을 들러야 한다고 생각했다. 하지만 여행을 떠날 때마
다 느낀 게 하나 있다. 특별한 장소와 볼거리도 물론 기억
에 남지만, 아무것도 아닌 평범한 일상 또한 기억에 오래

남는다는 것이다. 특별하다고 알려진 곳이 좋은 관광지가 아니라, 우리의 추억이 진하게 서려 있는 곳이 곧 특별한 관광지가 된다는 것이다.

시애틀을 떠올리면 바로 생각나는 게 몇 가지 있다. 시애틀을 가기 위해 기다렸던 버스 정류장이라든지, 딱히 살 것도 없으면서 한 시간을 구경하던 마트 안의 풍경이라든지, 노을이 지는 부엌에서 함께 먹을 저녁을 요리하는 풍경이라든지. 너무나 평범하고 소소한 일이지만, 이런 장면들이 묘하게 내 가슴에 오래 남는다.

아마, 이날 우리가 보냈던 시간도 나중엔 특별함으로 자리 잡을 것이다. 지극히 평범한 것도 특별한 추억이 되는 게 곧 여행이니까.

SEATTLE

생선을 던지다 보니 웃게 돼서

나는 시애틀에 가면 파이크 플레이스 마켓(Pike Place Market)에 가장 먼저 들른다. 이곳에 도착해야 비로소 내가 시애틀에 왔구나, 하는 생각이 든다. 수많은 관광객과 관광객을 잡으려는 상인들, 온갖 과일이며 생선, 먹을거리, 기념품이 한데 모여 활기찬 소리를 내는 곳이다. 그리고 이렇게 활기 가득한 시장에서 가장 에너지 넘치는 곳이 있다. 시장 초입에 있는 'Pike Place Fish Market' 이 바로 그곳이다.

이 생선 가게는 정말 유명한 관광지다. 생선을 사지 않더라도, 시애틀을 찾는 관광객들은 이곳에 꼭 들른다. 이곳을 영상으로 담기 위해 커다란 카메라와 삼각대를 챙겨

오는 사람도 있다. 어쩌다 이 작은 생선 가게는 시애틀을 대표하는 관광지가 됐을까.

이곳의 직원들은 서로에게 생선을 건네주기 위해 걷지 않는다. 생선을 건네주는 시간을 단축하기 위해서인지, 걷기가 귀찮아서인지, 생선을 공중으로 던져서 주고받는다. 그 거리가 짧지 않다. 놓치기라도 할까 봐 조마조마한 거리다. 하지만 그들은 캐치볼을 하듯 신나게 생선을 던지며 서로 주고받는다. 놓치는 법이 없다. 한 번만 하면 될 것을, 관객들의 호응을 유도하면서, 생선 종류를 큰소리로 외치면서 여러 번 던져 주고받는다. 그 모습이 마치 한 편의 서커스 공연 같기도 하다.

그들은 고객이 생선을 사지 않는다고 해서 가만히 있지 않는다. 아무 주문이 없을 때도 생선을 던진다. 관광객을 위한 하나의 퍼포먼스다. 미끌미끌한 생선을 아슬아슬하게 잡는 직원을 보며 관광객들은 함박웃음과 함께 박수를 보낸다. 마치 홈런이 될 뻔한 야구공을 가까스로 잡는 외야수의 모습과 그 외야수를 향해 박수를 보내는 관중들의 모습 같다.

이렇게 싱글벙글 웃으며 일하는 직원들을 보고 있으면 없던 에너지도 솟는 기분이다. 그래서 나는 매번 이곳을 찾는다. 그들의 에너지 넘치는 모습을 보기 위해, 나의 에너지를 충전하기 위해 'Pike Place Fish Market'을 빼놓지 않고 들른다.

어린 시절, 내 책장엔 『펄떡이는 물고기처럼』이란 책이 한 권 있었다. 내가 구매한 책은 아니었다. 출처를 알

수 없는 이 책을 오랫동안 손도 대지 않고 있었다. 그러던 어느 날, 책장을 정리하다가 먼지가 수북이 쌓인 그 책을 발견했다. 이런 책이 있었나, 하는 마음에 무심코 책을 펼쳤다. 그리고 그 자리에서 단숨에 다 읽었다. 책에선 작은 생선 가게가 어쩌다 시애틀을 대표하는 관광지가 됐는지, 어쩌다 직원들이 생선을 던지게 됐는지 말하고 있었다. 오래전에 읽은 책이라 그 내용이 자세히 기억나지 않지만, 요지는 이렇다.

그들이 생선을 던지기 시작한 이유는 참 단순했다. 단지 심심하다는 이유였다. 일이 무료했던 한 직원이 장난삼아 생선을 던진 게 시작이었다. 그게 재밌기도 하고, 직원들의 전체적인 사기를 올려주기도 해서 계속해서 던졌다. 그런데 직원들끼리 즐겁게 일하는 모습을 본 손님들 또한 너무나 즐거워했고, 어느새 생선을 던지는 모습을 보기 위해 손님들이 모이기 시작했다. 그러다가 나중엔 발을 디딜 틈이 없을 정도로 손님과 관광객이 늘어나, 이 활력 넘치는 생선 가게가 시애틀을 대표하는 관광지가 된 것이다.

그땐 책의 소재였던 'Pike Place Fish Market'이 어떤 곳인지 전혀 몰랐다. 그땐 내가 이곳을 직접 보게 될 거라고, 그것도 매년 보게 될 거라곤 상상도 하지 못했다.

매년 갈 때마다 들르는 곳이라 지겨울 법도 하지만, 아무리 시간이 없어도 이 생선 가게 앞에선 꼭 발길을 멈추게 된다. 손님과 장난을 치는 직원들, 생선을 공중으로 던지며 관광객들의 환호를 유도하는 직원들의 모습, 그런 모습에 즐거워하는 사람들의 웃음을 보고 있으면, 내 에너지도 생선처럼 펄떡거리는 기분이 든다.

'행복해서 웃는 게 아니라 웃어서 행복한 것이다.' 이 생선 가게에 오면 그 뜻을 정확히 이해할 수 있다. 그들이 생선을 던지기 시작한 건, 일이 즐거워서가 아니었다. 일이 무료해서 던진 것이었다. 그런데 생선을 던지는, 역동적인 행동을 하다 보니, 생선 가게의 분위기가 즐겁게 바뀐 것이다. 즐거워서 한 게 아니라 하다 보니 즐거워진 것이다.

손님이 없는 데도 쉬지 않고 생선을 던지며 주고받는 직

원들을 한참이나 넋 놓고 쳐다봤다. 추운 날씨에도 아랑
곳하지 않고 열정적으로 일하는 직원들을 보고 있으니,
한동안 차가웠던 가슴이 뜨거워지는 기분이었다. 마치 살
아있는 것처럼 공중에서 펄떡거리며 날아가는 생선을 보
고 있으니, 한동안 움직이지 않던 내 마음도 펄떡거리는
기분이었다.

SEATTLE
누가 신경이나 써?

시애틀은 음악의 도시다. 전설적인 기타리스트 '지미 핸
드릭스', 전설적인 록 밴드 '너바나'의 보컬 '커트 코베
인', 내가 좋아하는 허스키한 목소리가 매력적인 록커 '크
리스 코넬'의 고향이다. 그리고 시애틀 하면 '재즈'를 빼
놓을 수가 없다. 시애틀엔 많은 재즈 클럽이 존재하는
데, 그중 'Jazz Alley'는 시애틀을 대표하는 재즈 클럽이
다. 나도 두 번이나 들렀던 곳이다. 그리고 이 외에도 내
가 가장 아끼는 공연장이 하나 있는데, 그곳은 바로 'Pike
Place Market'이다.

시장에 들르면 다양한 뮤지션을 만날 수 있다. 신발에
탬버린을 달고 연주하는 뮤지션, 페인트 통에 대걸레를

연결해 줄을 튕기는 기타리스트, 다 부서져 가는 피아노를 리어카에 끌고 와 길거리에서 연주하는 피아니스트, 부정확한 음정이지만 진심을 담아 색소폰을 부는 할아버지 뮤지션. 세상에서 가장 화려하고 세련된 음악은 아닐지라도, 그들의 음악은 내게 묘한 감동을 준다.

생선 가게에서 에너지를 잔뜩 얻은 우리는, 오랜만에 재회한 시애틀 거리를 돌아다녔다. 보슬비를 맞으며 축축하

게 젖은 길을 걷는데, 어디선가 드럼 소리와 트럼펫 소리가 희미하게 들렸다. 우리는 음악 소리가 나는 쪽으로 발걸음을 돌렸다. 처음엔 어느 매장에서 음악을 크게 틀었다고 생각했다. 그런데 힘차게 울리는 트럼펫 소리의 박자가 조금은 어긋나고 있다는 사실을 깨달았다. '설마 길거리 버스킹?'

횡단보도 건너편을 보니 비를 막기 위한 커다란 파라솔이 보였다. 그리고 그 아래서 드럼을 치고 있는 뮤지션이 보였다. 그 옆에선 두꺼운 패딩을 입은 뮤지션이 트럼펫을 불고 있었다. 소름이 돋아 순간적으로 눈가에 눈물이 맺혔다. 이게 얼마 만에 보는 길거리 버스킹인가. 감동이 밀려왔다.

고민이 한참 많았던 시절에 신촌과 홍대 길거리를 자주 찾았다. 관객이 있든 없든 신경 쓰지 않고, 자신의 음악을 자유롭게 연주하는 뮤지션들을 보기 위해서였다. 나는 그들로부터 꽤 큰 위로를 받았다. 내가 하고 싶은 걸 하는 게 맞나, 이제는 나도 남들이 걷는 길을 따라 걸어야 하나

고민하던 시절, 그들을 보며 나도 저들처럼 내가 하고 싶은 일을 좀 더 자유롭게 해도 괜찮겠다는 용기를 얻었다. 하지만 언젠가부터 길거리에선 음악이 울려 퍼질 수 없었고, 음악이 가득했던 거리는 텅 비었다. 나는 그 거리가, 그곳에서 울려 퍼지는 음악이 참 그리웠다.

2년 동안 듣지 못했던 길거리 음악 소리였다. 앰프에서 흘러나오는 음악 소리와 함께 드럼과 트럼펫 소리가 생동감 넘치게 울려 퍼졌다. 무대 주변엔 생각보다 많은 사람이 모여 있었다. 아마 무대를 만든 건 드러머였던 것 같다. 그의 옆에서 트럼펫을 부는 아저씨는 원래부터 한 팀이었는지 아니면 그냥 지나가다 맘이 맞아 함께 하게 된건지 알 길이 없었다. 둘의 하모니가 계속해서 삐걱거리는 걸 보아하니 원래부터 한 팀은 아니었던 것 같다. 하지만 그 불협화음이 전혀 거슬리지 않았다. 역설적으로도 드럼을 중심으로 울리는 우렁찬 트럼펫 소리와 주변 상가에서 들리는 소음, 관객들의 웃음소리가 너무나도 조화롭게 들렸다.

스무 명 가까이 되는 사람들이 그들을 둘러싸고 음악을 즐기고 있었다. 모두 즐거워 보였다. 보슬비가 내리는 시애틀 시내 거리에서, 사람들은 노래에 맞춰 어깨를 흔들며 춤을 추고 있었다. 드러머의 뒤에선 핑크색 모자를 쓰고 앙증맞은 힙색을 두른 한 남자가 립싱크를 하며 음악에 맞춰 춤을 추고 있었다. 나이를 지긋하게 드신 한 할머니는 두 팔을 하늘 위로 들고 좌우로 신이 나게 흔들고 있었다. 다른 할머니는 고개를 끄덕거리며 지팡이로 땅을 짚고 춤을 추듯 앞으로 나아갔다. 무대의 건너편에서는 보라색 장갑을 낀 한 남자가 행위 예술을 하듯 음악을 온몸으로 표현하고 있었다.

이 무대의 주인공은 드러머도 아니고, 트럼펫을 부는 아저씨도 아니었다. 음악을 즐기는 모든 사람이 주인공이었다. 비를 맞는 건 아랑곳하지 않고, 누가 쳐다보든 말든 신경도 쓰지 않고, 지금 이 순간을 즐기는 모두가 바로 주인공이었다.

우리도 처음엔 머뭇거리다 어느새 그들의 분위기에 동화돼 몸을 흔들고 있었다. 사람들의 시선은 잊은 채, 양팔을 높게 들고 힘차게 흔들었다. 신나게 울려 퍼지는 음악 소리, 음악과 함께 울려 퍼지는 사람들의 행복한 웃음소리를 들으며 몸을 흔들고 있으니, 일종의 해방감을 느꼈다.

자유였다. 음정과 박자는 크게 신경 쓰지 않는다는 듯 자유롭게 연주하는 그들을 보며 느낀 건 바로 자유였다. 사람들의 시선은 신경 쓰지 않고 자신이 느끼는 대로 몸을 흔드는 사람들 사이에서 자유를 느꼈다.

도대체 얼마 만인지 모르겠다. 길거리에서 이렇게 음악을 듣는 게, 음악에 맞춰 춤을 추는 사람들을 보는 게, 그들 사이에서 함께 몸을 흔드는 게.

그토록 그리워하던 시애틀 길거리에서, 그토록 그리워하던 길거리 음악을 듣고 있으니 감정이 벅차올랐다. 오로지 자신이 움직이고 싶은 대로 몸을 움직이며 순간의 즐거움을 느끼는 사람들을 보고 있으니, 그동안 쌓인 답답함의 묵은 때가 모두 씻기는 기분이었다. 그래, 이거지, 이게 삶이지, 라고 생각했다.

　할머니 한 분은 우리가 자리를 떠날 때까지 춤을 추고
있었다. 누구보다 자유로웠고, 누구보다 청춘이었다. 사
람들의 시선을 신경 쓰지 않고, 자신의 음악을 따라 살아
가는 할머니는 나를 향해 이렇게 말하고 있는 것 같았다.

　"누가 너 신경이나 써? 그냥 움직이고 싶은 대로 움직
여. 그냥 가고 싶은 데로 가. 그냥 하고 싶은 대로 해. 지
금의 자유를 맘껏 누려. 그게 삶이야."

시애틀과 진한 재회를 마치고 집으로 돌아오는 길, 문득 우리에겐 다음 계획이 아무것도 없다는 사실을 깨달았다. 그토록 떠나고 싶어서 떠났고, 그토록 그리웠던 시애틀을 드디어 만났다. 그런데 그 이후엔?

우리에겐 한 달이 넘는 시간이 남아 있었다. 우린 앞으로 어디서 무엇을 해야 할까. 어디든 상관없었다. 뭐든 상관없었다. 길을 걷다 음악 소리에 멈춰 신나게 몸을 흔들던 시애틀 길거리의 할머니처럼, 이번 여행은 우리 주변에서 들리는 음악 소리를 따라 움직여보는 거지, 뭐.

SEATTLE
계획을 지키는 게 때론 스트레스라서

이번엔 올림픽 국립공원에 꼭 가리라 다짐하고 있었다. 올림픽 국립공원은 시애틀과 같은 워싱턴주에 속해 있는 데도, 그동안 들르지 않았기 때문이다. 과거의 짧은 여행에선 차로 세 시간이나 이동해야 하는 거리가 꽤 부담이었다. 그래서 항상 다음을 기약하고 돌아왔다. 하지만 이번엔 다음을 기약할 필요가 없었다. 우리에게 남은 시간은 충분했고, 차로 세 시간쯤이야, 언제든지 달릴 준비가 돼 있었다. 그래서 한국으로 돌아갈 때쯤, 한 번 들러볼까 생각 중이었다. 그런데 우리는 당장 3일 뒤, 올림픽 국립공원으로 향하기로 했다.

"너희 올림픽 국립공원 가볼래?" 함께 저녁을 먹던 삼촌의 한 마디 덕분이었다. 시애틀에 오면 항상 시애틀 시내에만 머물러 있는 우리에게, 삼촌은 더 넓은 세상을 보여주고 싶었을 것이다. 숙소는 자신이 잡아 줄 테니 숙박비는 부담 가지지 말고, 이번 주말에 별다른 계획이 없으면 다녀오라고 하셨다. 이번 주말에 아무런 계획을 세우지 않았다는 게 이렇게 감사할 줄이야.

저녁을 먹고 돌아온 우리는 급히 올림픽 국립공원 여행 일정을 짰다. 일정을 짜는 데 한 시간도 걸리지 않았다. '지도를 대강 보아하니, 오션 쇼어스(Ocean Shores)를 시작으로, 우리의 숙소가 있는 퀴놀트 호수(Quinault Lake)를 들렀다가, 저 위에 있는 라푸시(Lapush)를 찍고 돌아오면 되겠군. 시간이 남으면 뭐, 그건 그때 생각해 보자고.'

우리의 여행은 항상 이렇다. 세부적인 계획은 세우지 않는다. 대강 큰 틀을 잡아 놓고, 그 안에서 마음이 가는 대로 움직인다. 가이드를 동반하고 여행을 다니는 건 질색이다. 세세하게 세워진 계획에 따라 움직이는 건 내게 고역이나 다름없기 때문이다. '계획이 없어 발생하는 이벤트는 두 팔 벌려 환영하고, 계획이 없어 생기는 고통 또한 두 팔 벌려 환영하자.' 이게 내 여행 방식이다.

금요일 아침, 동이 트기도 전에 일어나 준비를 하고 차에 올라탔다. 한 시간 정도 도로 위를 달리자 먹구름 사이로 해가 얼굴을 내밀었다. 요 며칠 간은 계속 흐리더니, 주말에 기다렸다는 듯이 해가 떴다. 참 운이 좋았다. 기가 막힌 날씨를 만끽하며 뻥 뚫린 미국의 도로를 달리다 보니 어느새 우리의 첫 번째 목적지 오션 쇼어스에 도착했다.

도착하고 나서야 깨달은 사실인데, 오션 쇼어스는 올림픽 국립공원 내에 있는 게 아니었다. 올림픽 국립공원에 인접해 있는 그레이스 하버 카운티(Grays Harbor County)에 있는 도시였다. 우리가 향했던 곳은 그 마을 근처에 있는 오션 쇼어스 해변(Ocean Shores Beach)이었다. 제대로 알고 있는 정보는 하나도 없었다. 뭐, 어때. 제대로 찾아왔으면 됐지.

마을에 도착한 우리는 곧장 해변으로 향했다. 이상하게도 주차장이 보이지 않았다. 그래서 포장이 되지 않은 길을 쭉 따라갔더니 저 멀리 광활한 바다가 보이기 시작했다. 주차장은 그곳에 있었다. 넓게 펼쳐진 단단한 모래사장 위에 차들이 주차돼있었다.

나도 넓은 해변에 아무렇게나 주차를 하고, 차에서 내려 바다로 향했다. 바다를 마주한 순간, 나는 압도되고 말았다. 저 멀리서부터 물보라를 일으키며 겹겹이 밀려오는 태평양 바다의 파도를 보니, 조금은 겁이 나기도 했다. 날씨가 조금 따뜻하면 상의를 탈의하고 수영이나 한 번 해볼까 생각했던 내가 어리석게 느껴졌다.

그래도 모래사장에 자욱이 깔린 물안개를 보며 천천히 해변을 걷다 보니, 태평양 바다가 좀 익숙해졌다. 처음엔 저 멀리서부터 무섭게 몰아치는 것처럼 보였던 파도가, 지금은 나를 향해 천천히 달려오는 것처럼 보였다. 그 모습을 보고 있으니 갑자기 달리고 싶어졌다. 그래서 넓다는 표현이 부족할 정도로 광활한 해변을, 목적도 없이 달리기 시작했다. 따스한 햇볕과 시원한 바람을 맞으며 모래사장 위를 달리고 있으니 해방감을 느꼈다. 과거로부터의 완전한 해방이었다.

　그렇게 뛰놀아도 숙소의 체크인 시간은 아직이었다. 그래도 일단 숙소로 향했다. 숙소 근처에 뭐라도 있겠지, 라는 생각이었다. 숙소에 가까워지면 가까워질수록 풍경이 바뀌기 시작했다. 도로 주변의 나무는 점점 거대해지고, 축축한 습도 때문인지 나무를 덮은 이끼가 모습을 드러냈다. 곳곳에 썩은 나무와 그 나무 위에 피어난 버섯도 심

심치 않게 볼 수 있었다. 그리고 또 하나, 데이터가 잘 터지지 않았다. 올림픽 국립공원 안으로 들어왔다는 신호였다.

올림픽 국립공원 곳곳엔 자연을 만끽하며 걸을 수 있는 트레일 코스가 있는데, 운이 좋게 숙소 근처에도 걷기 괜찮아 보이는 곳이 하나 있었다. 퀴놀트 레인 포레스트 트레일헤드(Quinault Rainforest Trailhead)라는 곳이었다. 시간을 때우기에 딱 적당해 보이는 곳이었다. 이곳이 어떤 곳인지, 여길 다 돌면 얼마나 걸리는지 알 길이 없었지만, 일단 걸어 보기로 했다.

자발적으로 입장료를 내는 시스템에 잠깐 당황했지만, 봉투에 입장료를 넣어 요금함에 돈을 내고 트레일 코스의 입구로 향했다. 그런데 우린 입구에 서서 앞으로 나아갈 수가 없었다. 생전 처음 보는 광경에 넋을 빼앗겼기 때문이다.

레인 포레스트(Rainforest)라는 말이 너무나 잘 어울리는 숲이었다. 싱싱한 이끼가 나무를 온통 다 뒤덮고 있었는데, 특히 가지 끝에 나뭇잎처럼 축 늘어져 있는 이끼가 참 신비로웠다. 나무의 높이는 얼마나 높던지. 고개를 들어 쳐다보니, 나무가 마치 하늘을 뚫고 있는 것 같았다. 나무의 두께는 또 얼마나 두껍던지. 두 팔을 양옆으로 활짝 벌린 사람이 열 명 정도는 있어야, 나무를 다 안을 수 있을 것 같았다. 이렇게 여러 그루의 거대한 나무에 둘러싸인 건 처음이었다.

큰 건 그뿐만이 아니었다. 그 옆을 지나가는 민달팽이는 내 엄지 두 개를 합친 것 같은 크기였고, 썩은 나무에 피어난 버섯은 내 커다란 얼굴을 덮을 만한 크기였다. 퀴놀트 레인 포레스트의 크기에 압도된 우리는, 입구에서 한참을 서성이다 정신을 차리고 걷기 시작했다.

얼마나 걸었을까. 발바닥이 욱신거리기 시작했다. 입구에서부터 두 시간은 넘게 걸은 탓이었다. 그래도 끝이 보이지 않았다. 중간에 조금 욕심을 부려 다른 길로 빠졌는데, 그게 그렇게 길 줄 몰랐다. 모든 걸 아우르는 이 숲도, 하루 만에 다 돌 수 없을 만큼 거대한 곳이었다.

체크인 시간이 다가오자 마음이 조급해지기 시작했다. 이제는 뒤도 돌아보지 않고 걸었다. 하지만 출구는 나올 생각을 하지 않았다. 그렇게 걷고 또 걷다 보니 세 시간이 흘렀다. 우린 그제야 출구를 만날 수 있었다. 그런데 출구에서부터 주차장까지 30분을 더 걸어야 했다는 거.

보통은 이렇게 걷고 나면 그 자리에서 기절해도 이상하지 않았을 텐데, 입이 떡 벌어지는 광경을 연달아 봐서 그런지, 피곤함을 느낄 새가 없었다. 이 정도로 체력을 소비했으면 피곤해서 서로 말도 섞기 힘들었을 텐데, 우린 숙소로 가는 길에 오늘 우리가 보고 경험했던 것들을 이야기하느라 정신이 없었다. 숙소에 도착하니 어느새 해가 지고 있었다.

뜻밖에 오게 된 올림픽 국립공원, 정보를 제대로 찾지 않아 들렀던 오션 쇼어스, 시간이 남아 별생각 없이 들렀던 퀴놀트 레인 포레스트. 모두 뜻밖에 만난 것들이었지만, 이 모든 게 조화롭게 어우러져 완벽한 하루를 만들어 냈다. 남은 이틀 동안 우린 무엇을 더 보게 될까. 무엇을 더 만나게 될까. 예측할 수 없는 우리의 미래에 가슴이 설레기 시작했다.

SEATTLE
불편함과 편함의 경계

피곤하긴 했나 보다. 숙소에 도착하니 걷느라 쌓였던 피로가 확 올라왔다. 그대로 침대에 뻗고 싶었지만, 일단 짐 정리가 먼저였다. 올림픽 국립공원 내엔 먹을 만한 식당이 마땅히 없다고 해서, 식대도 아낄 겸 장 봐온 음식들을 차 트렁크에서 꺼냈다. 조리할 필요 없이 바로 먹을 수 있는 냉장 음식 위주였다. 이 많은 음식을 냉장고에 차곡차곡 쌓으려고 했는데, 냉장고가 어디 갔을까. 방 안엔 킹사이즈 침대 하나, 작은 소파 하나, 화장대 겸 수납장 하나, 왜 이게 여기 있나 싶은 세면대 하나가 전부였다. 하지만 냉장고는 없었다. 혹시 비밀의 문이라도 있는 걸까? 혹시 화장실 안에 있는 건 아닐까 해서 화장실 문을 열어봤다.

어라, 없다. 방을 다시 둘러보니 침대 옆에 문이 하나 있었다. 아, 이 문을 열면 냉장고가 있겠구나, 하고 열어보니 문이 열리지 않는다. 단단히 잠겨 있었다. 그럼 이 문은 도대체 무슨 용도일까. 비상시 옆 방으로 연결되는 문인가. 어쨌든 이 방엔 냉장고가 없다는 게 확실해졌다. 주방이 없다는 건 알고 있었는데, 냉장고가 없다는 사실은 미처 확인하지 못했다. 심지어 전자레인지, 물을 끓일 수 있는 커피포트도 없었다. 그나마 다행인 건 바깥 날씨가 냉장고 온도와 비슷했다는 거. 우린 밤중에 비가 오지 않길 바라며, 창문 바깥에 음식을 놔뒀다.

 짐을 다 정리하고 샤워를 마친 우리는, 침대에 누워 핸드폰을 켰다. 그런데 데이터가 잡히질 않았다. 국립공원 내에선 데이터가 잘 안 터질 수 있다고 해도, 숙소에서 데이터가 터지지 않는 건 적잖이 당황스러웠다. 다행히 와이파이는 제공됐다. 그런데 무료로 와이파이를 사용할 수 있는 시간은 30분이었다. 에이, 설마, 투숙객들에겐 무료로 제공하겠지, 라는 생각으로 리셉션에 찾아가 물으니 와이파이를 더 사용하기 위해선 추가 비용을 내야 한다고 했다. 요즘 시대의 숙소라고는 믿기 힘든 시설과 서비스였다. 하지만 너무나 피곤했던 우리는 불편함을 느낄 기력도 없었다. 방음이 잘되지 않는지 위층에서 걸을 때마다 나무 삐걱거리는 소리가 났다. 우린 그 소리를 자장가삼아 곤히 잠들었다.

다음 날 아침, 잠에서 깬 우리는 아침 수영을 할 겸, 숙소 바로 옆에 있는 퀴놀트 호수(Quinault Lake)를 보기위해 방에서 나왔다. 나는 순간 할 말을 잃었다. 드넓게펼쳐진 초원과 강으로 착각할 만큼 넓고 고요한 퀴놀트호수가, 우리가 묵던 숙소 바로 옆에 펼쳐져 있었기 때문이다. 내가 할 수 있는 건 그냥 와, 하고 감탄사를 내뱉는거였다.

고요한 호수를 바라보다 숙소 쪽으로 고개를 돌렸다. 나는 또다시 와, 하고 감탄사를 내뱉을 수밖에 없었다. 마치 영화에서나 나올 법한, 숙소라고 부르기엔 너무 미안할 정도로 고풍스러운 건축물이 있었기 때문이다. 어제는 미처 제대로 보지 못한, 아름답고 웅장한 건축물이었다. 호수 앞에 있는 들판을 걷다가 이 숙소, 퀴놀트 롯지

(Quinault Lodge)에 대한 설명이 있는 안내판을 발견했다. 무려 1926년에 만들어진, 거의 100년에 가까운 역사를 지닌 숙소였다. 어제 잠시 느꼈던 불편함이 경이로움으로 바뀌는 순간이었다.

2박 3일 동안 숙소를 이용하면서 불편한 게 참 많았다. 냉장고도 없어 지퍼백에 얼음을 받아 음식을 차갑게 만들

어 보관해야 했고, 와이파이도 없어 숙소 밖에 있는 어느 상점 앞에서 무료 와이파이를 사용해야 했고, 그 흔한 전자레인지도 없어 음식을 데워 먹을 수 없었다. 많은 게 불편했다. 냉장고를 비롯한 가전제품은 필수품이고, 와이파이가 조금이라도 느려지면 답답함을 느끼고, 누리던 편리함이 조금이라도 사라지면 몹시 불편해하던 '서울에 사는 나'의 시선으로 본다면 말이다.

하지만 올림픽 국립공원을 여행하고 있는 '여행자'의 시선으로 본다면, 모든 게 특별했다. 나무로 만들어진 숙소라, 걸을 때마다 나는 삐걱삐걱 소리가 정겹게 느껴졌다. 커다란 공용 제빙기로 얼음을 받아 음식을 차갑게 하는 원시적인 방법도 즐거운 경험이었다. 전력이 부족한지 헤어드라이어를 사용할 때마다 전구가 깜빡였는데, 이 또한 재미난 추억이었다. 이 모든 불편함이 특별하게 느껴졌다. 불편함을 바라보는 시선의 각도를 조금만 틀자, 모든 게 즐거워졌다.

평소의 나였으면 모든 게 불편했을 것이다. 하지만 불편함은커녕 떠나기가 아쉬울 정도로 숙소에 만족하는 나를 보며 이런 생각을 했다. 불편함은 상황이 만드는 게 아니라 상황을 바라보는 내 시선이 만들어내는 게 아닐까 하는 생각. 아무리 불편한 상황에서도 그 상황을 어떻게 받아들이느냐에 따라 내 기분을 즐겁게 바꿀 수 있는 게 아닐까 하는 생각.

혹여 이 모든 게 정말 불편하게 느껴졌다고 하더라도, 숙소 바로 옆에 있는 퀴놀트 호수 앞에 앉아 고요한 풍경을 바라보고 있으면, 그 불편함이 쏙 들어가고 말았을 것이다. 이렇게나 아름다운 호수를 보면서도 불평을 터뜨리는 사람이라면, 아마 천국에 가서도 불평을 하고 있겠지.

훗날 올림픽 국립공원을 또 간다면, 나는 이 숙소에 다시 묵고 싶다. 불편함이 특별함으로 느껴지는 특별한 경험을 또다시 하고 싶다.

SEATTLE
아직 모르는 게 많구나

　이젠 제법 안다고 생각했다. 나이도 있고, 볼 만큼 봤고, 들을 만큼 들었다고 생각했다. 아직 부족하긴 하지만, 적어도 예전보단 그렇다고 생각했다. 하지만 올림픽 국립공원을 여행하며, 굉장히 오만한 생각에 빠져 있었다는 걸 깨닫게 됐다. 나는 아직 모르는 게 많구나, 나는 아무것도 모르는 사람이었구나, 하고 깨닫게 됐다. 그리고 호 레인 포레스트(Hoh Rainforest)를 걷다 만난 호 리버(Hoh River)를 두 눈으로 목격한 순간, 나는 정말 아무것도 모르는 사람이었다는 걸 다시 한번 깨닫게 됐다.

　언제나 그렇듯 이 강을 목적지로 삼고 간 건 아니었다. 그냥 걷다 보니 호 리버로 향하는 안내판이 나왔고, 이 숲에 강이 있다는 사실을 전혀 몰랐던 나는, 신기한 마음에 이곳으로 발걸음을 옮겼다.

호 레인 포레스트는 영화 〈트와일라잇〉의 촬영지로 유명하다. 사람들이 이곳을 뱀파이어의 마을이라고 부르는 이유도 그것 때문이다. 전날 걸었던 퀴놀트 레인 포레스트가 비교될 정도로 거대한 숲이었다. 더 높고, 더 넓고, 더 길었다.

끝이 보이지 않을 만큼 높은 나무에 가까스로 붙어 있던 커다란 낙엽이 바람을 이기지 못하고 떨어지는 모습은 정말 장관이었다. 마치 하늘에서 노란색 우산들이 살랑거리며 떨어지는 것만 같았다.

거대한 두 나무의 뿌리가 땅 밖으로 나와 서로 연결돼있는 장면도 경이로웠다. 마치 절대 헤어지지 말자고 약속하는 두 연인이 손을 꼭 붙잡고 있는 것만 같았다. 두 나무는 언제부터 이렇게 손을 꼭 붙잡고 있었을까. 신기한 마음에 나무의 뿌리에 손을 올리고 있으니 이런 생각이 들었다. '지면 위로 뿌리가 노출됐을 뿐이지, 지면 아래에선 모든 나무가 서로 뿌리를 연결하고 있겠구나. 다들 혼자 우뚝 서 있는 것처럼 보이겠지만, 손을 꼭 붙잡고 서로를 지탱하며 살아가고 있겠구나.'

자연이 살아 숨 쉬는 곳에서 진귀한 광경을 연달아 보다가 만난 강이었다. 끊임없이 펼쳐지는 황홀한 풍경에 이제는 좀 무뎌질 법도 한데, 자연은 그럴 틈을 주지 않았다. 긴 수풀을 지나 강의 입구에 도착해서 고개를 들고 앞을 본 순간, 나는 아무 말도 할 수 없었다.

햇빛을 받아 반짝거리는 에메랄드색 강이 빠른 속도로 흐르고 있었는데, 태어나서 그런 광경을 본 적이 없었다. 내가 본 강이라곤, 주변에 아파트가 가득 들어서 있는 한강, 어릴 적 부모님을 따라다니며 봤던 영산강이 전부였다. 이곳은 다른 강이었다. 자연 그대로였다. 바닥엔 자갈이 깔려있고, 강 건너엔 수풀이 그대로 이어져 있었다. 언제라도 그 수풀 사이에서 곰이 튀어나와 강에서 연어를 사냥할 것만 같았다. 이게 자연이구나 싶었다.

꽤 오랜 시간 걸어야 도착할 수 있는 곳이라 그런지 사람도 없었다. 경이로운 강의 모습을 바라보다, 우리는 저 멀리 쓰러져 있는 통나무 쪽으로 가보기로 했다. 통나무는 유속이 빠른 강을 그대로 견뎌 내며 쓰러져 있었다. 우리는 그 위를 걸어 통나무의 중간 지점에 앉았다. 발아래엔 강이 흐르고 있었고, 머리 위엔 파란 하늘이 우릴 반기고 있었고, 우리 주변을 선선한 바람이 감싸고 있었다. 통나무 위에 앉아 있으니, 마치 강의 한 가운데 떠 있는 기분이었다. 우리는 가만히 눈을 감고, 이 순간을 온전히 느끼기로 했다.

따뜻한 햇볕을 맞으며, 강이 흐르는 소리에 귀를 기울이며 눈을 감고 있으니 아무런 생각이 들지 않았다. 지금 내가 느끼고 있는 감정을 딱 한 단어로 표현하자면, 행복이었다. 과하지도 않고 부족하지도 않았다. 행복이란 단어를 이렇게 잘 표현할 수 있는 순간이 있을까 싶었다. 한참이 지나 눈을 떴는데, 마치 특수효과를 입힌 듯 모든 게 반짝거리고 있었다. 내가 경험한 순간 중 가장 찬란한 순간이 아니었을까.

아쉬운 마음을 뒤로하고 강을 나와, 다시 입구로 향하며 생각에 잠겼다. '나는 정말 모르는 게 많았구나, 내가 아직 보지 못한 세상이 너무 많구나, 더 많은 걸 보고 느끼며 살아야겠구나, 아직 많은 걸 새롭게 느낄 수 있어 다행이다.'

내가 정말 감명 깊게 본 영화를 아직도 보지 않은 친구들에게 '와, 넌 진짜 행운아다.'라고 말하곤 한다. 그렇게 치면 난 진짜 행운아가 아닐까 싶었다. 서른이 훌쩍 넘은 나이에, 이렇게나 모르는 게 많고, 이렇게나 보지 못한 게 많으니까. 앞으로 새롭게 알아야 할 게 많고, 앞으로 새롭게 봐야 할 게 많으니까.

지금부터라도 더 많이 보고, 더 많이 느끼고, 더 많이 여행하겠다고 다짐했다. 새로운 감동을 더 자주 맞이하며 살겠다고 다짐했다. 삶을 평생 여행하리라 다짐했다.

SEATTLE
충동적이라서 다행이다

　원래는 올림픽 국립공원의 종착지를 라푸시(La Push)
로 정했다. 숙소에서 두 시간 정도만 가면 되는, 바다가
멋지게 펼쳐져 있는 유명한 관광지였다. 하지만 바다는
당분간 보지 않아도 아쉽지 않을 정도로 많이 봤다고 생
각했다. 숲도 당분간 걷지 않아도 될 정도로 원 없이 걸
었다고 생각했다. 뭔가 새로운 게 보고 싶다고 생각하
던 찰나에 문득 떠오른 곳이 있었다. 바로 허리케인 릿지
(Hurricane Ridge)였다.

　어느 방송 프로그램에서 허리케인 릿지를 올림픽 국립
공원의 절정이라고 표현했던 게 생각났다. 그래서 지도를
살펴봤더니 숙소에서 무려 세 시간 넘게 떨어져 있었다.

집에서 올림픽 국립공원까지의 거리가 세 시간이었는데, 내가 머무는 숙소에서 허리케인 릿지까지의 거리가 세 시간이라니. 올림픽 국립공원이 얼마나 넓은 곳인지 다시 한번 깨닫게 됐다.

긴 거리 때문에 잠깐 주저했다. 만약에 허리케인 릿지의 트레킹 코스를 걷는다면, 적어도 세 시간은 생각해야 했다. 그렇다면 늦어도 오전 7시에는 출발해야 했다. 그 말인즉슨, 오전 5시쯤 일어나서 짐을 정리하고 체크 아웃을 마쳐야 한다는 말이었다.

너무 무리하는 건 아닐까, 하는 생각이 잠시 스쳐 지나갔지만, 이런 생각은 금방 사라졌다. 인생에 한 번 가볼까 말까 한 곳을 단순히 거리가 멀다는 이유로 가지 않는다면, 훗날 미련이 남을 것 같았다. 선택하고 후회하더라도, 선택하지 않고 미련을 남기는 일은 피하자는 게 내 신조였다. 그래서 우린 마지막 날, 충동적으로 결정했다. 올림픽 국립공원의 절정이라고 불리는 허리케인 릿지에 가기로.

다음 날 아침, 남은 음식들을 냉장하기 위해 지퍼백에

얼음을 가득 채우고 정들었던 숙소를 떠났다. 고풍스러운 숙소와 고즈넉한 호수를 떠나자니 얼마나 아쉽던지. 다음에 또 오리라 다짐하며, 차가 한 대도 없는 뻥 뚫린 도로를 달리기 시작했다.

도로 양쪽에는 큰 나무들이 울창하게 뻗어 있었고, 길이 좁아질 때마다 나무들이 파란 하늘을 역삼각형 모양으로 만들었다. 아름다운 풍경을 감상하느라 세 시간의 운전이 전혀 고통스럽지 않았다. 어제 잠시나마 고민했던 게 무색할 만큼 즐거운 운전이었다.

시간이 어떻게 가는지도 모르게 달리다 보니, 벌써 두 시간이 흘렀다. 그때 차의 왼편에 큰 강이 보였다. 너무나도 잔잔한 강이 끊임없이 펼쳐졌다. 아니, 강이 이렇게 고요할 수가 있나, 하는 생각에 궁금한 마음이 생겨 차를 멈추지 않을 수가 없었다. 우린 갓길에 차를 주차하고 도대체 이곳이 어떤 곳인지 찾기 위해 지도를 살폈다. 지도를 본 나는 깜짝 놀랄 수밖에 없었다. 너무 놀라운 나머지 의심스러운 마음이 생길 정도였다. 우리가 바라보고 있는 곳은 강이 아니라, 크레센트 호수(Crescent Lake)였다.

　크레센트 호수도 올림픽 국립공원에서 꼭 가야 한다는
곳 중 하나였다. 하지만 미처 생각하지 못하고 있다가 이
렇게 우연히 만날 줄이야. 운이 좋게도 차를 주차한 갓길
아래로 길이 나 있었다. 우린 그 길을 따라 호수 바로 앞
까지 갈 수 있었는데, 그곳에 서서 바다만큼이나 넓은 잔
잔한 호수를 보고 있으니 입이 절로 벌어졌다. 문득 도대

체 이런 호수 안엔 어떤 자연이 펼쳐져 있을까 궁금해졌
다. 그래서 얼음을 받느라 챙겨놨던 지퍼백에 핸드폰을
넣고 촬영을 시도했다. 발까지 젖어가며 촬영한 영상엔
너무나 맑은 하늘색의 호수에서 유유히 헤엄치는 물고기
떼가 담겨 있었다. 영상을 보고 나니 호수 안이 더 궁금해
졌지만, 무작정 호수에 뛰어들었다간 심장마비 걸리기 딱
좋은 날씨였다. 다음엔 꼭 여름에 들러야겠다고 생각했
다. 그땐 지퍼백이 아니라 액션캠을 챙겨 호수에서 수영
도 하고, 저 멀리서 배를 타고 호수를 횡단하는 두 할아버
지처럼, 우리도 크레센트 호수를 여유롭게 즐겨야겠다고
생각했다.

　호수에 발이 빠져 흠뻑 젖은 양말을 말리면서, 내가 좋
아하는 음악을 들으면서 기분 좋게 운전을 하다 보니, 어
느새 허리케인 릿지에 가까워졌다. 그런데 갑자기 비가
오기 시작했다. 이상한 일이었다. 조금 전까지만 해도 화
창한 날씨였다. 분명 비가 올 날씨는 아니었다. 워싱턴주
의 날씨는 워낙 변덕이 심하니까 그러려니 하고, 빗길을
뚫고 목적지를 향해 차를 몰았다.

몇 분 뒤, 순식간에 안개와 비가 걷히면서 다시 맑은 하늘이 보였다. 거, 날씨 참 변덕스럽구나, 하며 운전을 하다 창밖을 바라보는데, 비명과 같은 감탄사가 단전에서부터 '억'하고 터져 나왔다. 창밖에 새하얀 구름이 방금 봤던 크레센트 호수처럼 깔려있었기 때문이다. 그제야 조금 전의 소나기가 이해됐다. 변덕스러운 날씨 때문에 비가 왔던 게 아니라, 우리가 구름을 뚫고 지나온 것이었다.

우린 또다시 차를 멈춰 세울 수밖에 없었다. 믿을 수 없는 광경에 두 손을 깍지 끼고 뒤통수를 부여잡은 채, 넓게 펼쳐진 '구름 호수'를 바라보는데 그냥 말문이 막혔다. 차를 멈춰 세운 건 우리뿐만이 아니었다. 목적지를 향해 달리던 다른 관광객들도 믿기지 않는 광경에 차를 멈추고 넋을 잃은 표정을 하고 있었다.

우리는 눈으로 보고 있으면서도 믿기지 않는 광경을 한참이나 바라보다, 아쉬운 마음을 뒤로 한 채 다시 목적지로 향했다. 하지만 아쉬울 필요가 없었다. 이 믿기지 않는 광경은 허리케인 릿지 주차장까지 계속해서 이어졌기 때문이다.

주차장에 도착한 우리는 차에 앉아, 그 광경을 감상했다. 그리고 몇 시간이 걸릴지 모를 트레킹 코스에 대비해, 마트에서 산 식빵과 잼을 꺼내 먹었다. 음식은 비록 빵이었지만, 내가 보고 있는 풍경만큼은 세계 최고의 레스토랑 부럽지 않았다. 든든하게 배를 채운 우리는 부푼 마음으로 트레킹 코스를 걷기 시작했다.

그 당시의 느낌을 어떻게 표현해야 할까. 환상적이었다. 현실이라고는 믿기 힘들 정도로, 내가 지금 꿈을 꾸고 있나 싶을 정도로 환상적인 자연이 펼쳐졌다. 좌우엔 뛰어

들면 풍덩 하고 빠질 것만 같은 구름 호수가 걷는 내내 펼쳐졌다. 정면엔 구름 무리가 바람에 밀려 우리에게 다가오고 있었다. 저 멀리엔 우리가 차를 타고 지나왔던 도로가 한 폭의 그림처럼 있었고, 황금빛 풀과 자그마한 자갈로 이뤄진 길은 끝없이 펼쳐져 있었다. 새로운 곳을 여행할 때마다 '인생 풍경'이 너무 쉽게 경신되는 것 같아 신뢰성을 좀 잃는 것 같긴 하지만, 이곳은 정말 죽기 전까지 생생하게 기억날만한, 그야말로 '인생 풍경'이었다. 문득 어제의 충동적인 선택이 고마웠다. 전날 가려던 목적지를 놔두고, 갑자기 허리케인 릿지로 오기로 했던 내 충동적인 선택이 눈물 나게 고마웠다.

충동적인 선택은 때론 충격적인 결과를 가져다주기도 하지만, 때로는 정말 선물과도 같은 경험을 선사해주기도 한다. 계획을 따라가는 삶은 안정성을 주지만, 계획을 벗어난 모험은 새로운 삶을 선사해주는 것처럼.

삼촌의 한 마디에 갑자기 찾아오게 된 올림픽 국립공원. 아무 정보 없이 찾았던 오션 쇼어스, 시간이 남아 무심코 들렀던 퀴놀트 레인 포레스트, 충동적으로 선택한 허리케

인 릿지, 그 길에서 우연히 만난 크레센트 호수까지. 올림
픽 국립공원은 무계획과 충동성과 우연성이 만들어 낸 거
대한 선물 같은 곳이었다.

　이제 우리에게 남은 여행 기간은 한 달. 이렇게나 많은
것을 눈으로 보고 마음에 담았는데, 여전히 한 달이란 시
간이 남아있다는 게 감사했다. 우리의 다음 목적지는 어
디가 될까. 대충 포틀랜드를 지나, 샌프란시스코를 찍고
다시 시애틀로 돌아와서 다음 일정은 그때 가서 정하자
는, 계획 같지 않은 계획은 있었다.
　이쯤 되니 이번 여행에 계획이란 게 의미가 있나 싶었
다. 불쑥 찾아온 어려움은 그대로 받아들이고, 예상치 못
하게 주어진 선물은 감사하게 받아들이며, 그렇게 여행하
는 게 내겐 더 잘 어울린다는 걸 깨달았다. 좀 더 충동적
으로 움직여보기로 했다. 남은 시간 동안 불확실성이 만
들어내는 우연이라는 선물을 좀 더 만끽해보기로 했다.

CALIFORNIA

의욕이 너무 충만했던 나머지

"삼촌은 20대에 갔던 캘리포니아 1번 해안도로의 풍경을 평생 마음속에 간직하면서 살아가고 있어."

원래 샌프란시스코만 찍고 올 생각이었다. 그보다 더 아래로 내려갈 생각은 없었다. 샌프란시스코야 워낙 유명해서 많이 들어봤지만, 그 아래엔 뭐가 있는지, 해안도로엔 어떤 것들이 있는지 전혀 몰랐기 때문이다. 하지만 삼촌의 이야기를 들으면 들을수록 가지 않을 수가 없었다. 샌프란시스코까지 갔는데 캘리포니아 1번 해안도로를 건너뛰는 건 정말 어리석은 일 같았다.

원래의 계획은 이랬다. 포틀랜드에서 잠깐 머물다, 우리가 전에 들렀던 오레곤주의 해변에 들러 바다 구경 좀 하다, 샌프란시스코까지 차로 이동해서 그곳에 좀 머물다 올라올 생각이었다. 하지만 이 모든 계획을 뒤집기로 했다. 우리의 가슴을 더 뛰게 하는 목적지가 생겼는데, 굳이 이전의 계획을 고집할 필요가 없었다. 계획을 뒤집는 건 별로 어렵지 않았다. 애초에 우리의 계획이란 게, 화이트보드에 수성펜으로 쓴 문장 같은 거였으니까. 더 기가 막힌 문장이 떠오르면 지우개로 쓱 지워버리고 다시 쓰면 되는 일이었다.

샌프란시스코보다 훨씬 위쪽에서 시작하는 캘리포니아 1번 국도는, 로스앤젤레스까지 이어져 있었다. 그 기나긴 도로 중 서태평양 바다를 끼고 달릴 수 있는 도로를 보통 해안도로라고 부르는 것 같았다. 출발 지점을 정하는 덴 큰 문제가 없었다. 누구나 한 번쯤은 사진으로 봤을 법한 유명한 현수교, 금문교(Golden Gate Bridge)에서 출발하기로 했다. 하지만 종착지를 정하는 게 문제였다. 빅 서어(Bir Sur)까지 갈지, 간 김에 로스앤젤레스까지 갈지,

내친김에 방향을 틀어 라스베가스까지 갈지, 어떤 게 좋을지 판단이 서지 않았다.

그래서 종착지를 정하지 않기로 했다. 미리 숙소도 예약하지 않았다. 차를 몰고 가다가 피곤하면 멈춰 세우기로 했다. 멈췄는데 더 머물고 싶은 곳이 있으면 그곳에서 숙박하기로 했다. 멈추고 싶으면 멈추고, 머물고 싶으면 머무는 것. 목적지를 향해 가느라 서두르지 않고, 그저 마음이 움직이는 대로 발을 움직이는 것. 그게 내 유일한 계획이었다.

우리는 며칠 후, 종착지가 정해지지 않은 캘리포니아 여행을 위해 도로 위에 올라섰다. 감동이 밀려왔다. 내가 꼭 해보고 싶은 일 중 하나였다. 자연이 펼쳐지는 한적한 도로 위를 정말 오랜 시간 동안 달려보고 싶었다.

맘이 답답할 때마다 유튜브에 'America Road Trip'을 검색했다. 오토바이나 자동차로 하루가 넘게 걸리는 거리를 운전해서 미국을 횡단하는 영상을 보고 또 봤다. 자유로워 보이는 그들의 여행을 눈으로 따라가며 일상의 부재를 달렸다. 언젠가는, 꼭 언젠가는 나도 저 도로 위를 자유롭게 달리겠다고 다짐했다.

오늘이 바로 그날이었다. 내가 로드 트립의 주인공이 되는 날이었다. 우리가 잠시 머물렀던 포틀랜드에서 캘리포니아까지 쭉 달리는 날이었다. 내비게이션을 켰다. 내비게이션의 안내는 복잡하지 않았다. '목적지까지 900km 직진'이게 전부였다. 오직 직진이었다. 쉬지 않고 한 번에 가긴 조금 긴 거리였다. 아니, 상당히 긴 거리였다. 하지만 걱정보다는 설렘이 앞섰다. 풍선처럼 부푼 마음에 걱정이 들어설 자리가 없었다.

처음 두 시간 정도는 좋았다. 구름은 좀 있었지만, 비교적 화창한 날씨였다. 도로 옆으로 너른 들판이 펼쳐져 있었고, 도로 위에는 차가 거의 없어 맘 놓고 달릴 수 있었다. 하지만 이내 비가 오기 시작했다. 오레곤주는 비가 많은 곳이라 예상은 했지만, 계속해서 쏟아지는 비가 조금은 야속하기도 했다. 비를 뚫고 두 시간 정도를 달리다 보니 신경이 조금 예민해졌다. 대형 트럭이 만드는 물보라에 시야도 흐릿했다. 주변을 감상할 여유가 없었다. 몸은 점점 피곤해졌고, 마음도 점점 지치기 시작했다.

예민해진 건 나뿐만이 아니었다. 조수석에서 예민해진 나를 지켜보던 짝꿍 또한 예민해졌다. 운전하는 나도 힘들었지만, 옆에서 잠도 못 자고 그걸 지켜보는 짝꿍도 힘들었을 것이다. 서로 예민해진 상태라 서로를 배려할 겨를이 없었다. 그러다 지금 생각해 보면 말도 안 되는 사소한 불씨가 커져, 우린 도로 위에서 다투기 시작했다. 그러는 동안에도 내 머릿속에는 한 가지 생각뿐이었다. '이 상태로 어떻게 여섯 시간을 더 달려서 캘리포니아에 도착하지.'

몸과 마음 모두 불편했지만, 그래도 앞으로 나아가야만 했다. 계속 멈춰 있을 순 없었다. 조금만 더 지체되면 해가 저물 것이고, 해가 저물면 운전은 더 어려워질 거라는 걸 알았기에, 나는 다시 운전대를 잡았다. 그토록 기대하던 길이었는데, 지금은 어떻게든 빨리 끝내고 싶은 마음만 가득했다. 이 긴 여정이 어서 끝나길 바라며, 나는 다시 액셀을 밟았다.

　신기하게도 캘리포니아주로 진입하니 태양이 우릴 기다
리기라도 한 듯 얼굴을 내밀었다. 입고 있던 경량 패딩이
무겁게 느껴졌고, 등엔 땀이 흐르기 시작했다. 풍경도 완
전히 달랐다. 황금빛을 띠는 들판이 넓게 펼쳐져 있었다.
그 들판 위에선 소와 말이 풀을 뜯어 먹고 있었다. 높게
솟은 황금빛 언덕도 자주 보였는데, 그 모습이 마치 노란

색으로 염색하고 반삭발한 사내의 머리 같았다.

정확히 내가 그리던 풍경이었다. 이런 풍경을 끼고 차를 운전하며 캘리포니아 도로를 달리길 바랐다. 하지만 나는 그 풍경을 온전히 느낄 수 있는 상태가 아니었다. 몸은 피곤하고, 허리는 아프고, 발목은 시큰했다. 속도위반 CCTV가 없는 미국 도로라 그런지 차들은 무자비하게 달렸다. 큰 트럭이 내 옆을 지나갈 때마다 차가 휘청이는 느낌이었다. 장거리를 빠른 속도로 멈추지 않고 달려온 탓에 지칠 대로 지쳐있었다. 마음의 여유가 있어야 이 아름다운 풍경을 눈과 가슴에 온전히 담을 텐데 그럴 여유가 없었다. 해가 지기 전에 운전을 끝내야 한다는 생각뿐이었다.

어느새 노을이 지기 시작했다. 그렇게 눈부신 노을은 처음이었다. 하지만 아름다운 노을도 지금의 내겐 내 시야를 방해하는 걸림돌일 뿐이었다. 한참을 노을과 씨름하며 운전하다 보니, 드디어 숙소에 도착했다. 숙소에 도착하니 어느새 해가 졌다. 9시간을 예상했지만, 실제로 걸린 시간은 12시간이었다. 세상에, 쉬지 않고 12시간을 달렸다니. 숙소에 도착한 우리는 짐을 풀고, 서로에게 쌓였던 날카로운 감정도 풀고, 기절하듯 잠들었다.

다음 날, 잠을 자고 일어나 환기된 머리로 어제를 돌이켜 봤다. 왜 이렇게 욕심을 냈을까. 분명 멈추고 싶으면 멈추고, 머물고 싶으면 머물자고 생각했는데 그러지 못했다. 참 어리석었다. 900km 정도 되는 거리를 쉬지 않고 달리자고 했을 때, 짝꿍이 거듭 물었다. "너무 힘들지 않을까?" 의욕이 넘쳤던 나는 자신만만하게 대답했다. "쉬지 않고 한 번에 달리고, 도착해서 빨리 쉬는 게 나아."

출발 전엔 자신 있었다. 올림픽 국립공원에서의 장거리 운전도 너무나 즐거웠고, 시애틀에서 포틀랜드까지 가는 거리도 짧게 느껴질 정도로 재밌었기 때문이다. 하지만 이번엔 달랐다. 비교 불가였다. 무려 12시간을, 그것도 혼자서 쉬지 않고 운전했다니. 왜 그렇게 무식한 생각을 했을까. 의욕이 너무 앞섰던 나머지, 행복한 순간으로 채워질 수 있었던 도로에서의 시간이 고통으로 가득했다.

지금까지는 기대하지 않았던 곳에서 기대 이상의 선물을 받았는데, 이번엔 너무나 기대했던 곳에서 뜻밖의 고통을 받았다. 이게 인생인가 싶기도 했다. 나는 왜 그렇게 고집을 부렸을까. 포틀랜드에서 캘리포니아까지 쉬지 않고 간다는 나만의 목표를 세워서였을까. 그 목표를 왜 그리도 어기기 싫었을까. 이유는 모르겠지만, 다시는 이런 멍청한 실수를 반복하지 말아야겠다고 다짐했다. 힘들면 멈추고, 멈췄는데 좋으면 더 머물고, 떠나고 싶을 때 떠나겠다고 다짐했다.

많이 기대했던 길이라 아쉬움이 남았지만, 실망할 필요는 없었다. 기대한 대로만 삶이 펼쳐진다면, 그게 삶이겠어. 앞으로 남은 시간을 기대했던 것보다 더 즐거운 시간으로 채워나가면 되는 거지.

CALIFORNIA

우연의 음악을 따라

허기진 배를 채우려 동네에 있는 로컬 피자집을 찾았다. 조금은 과장된, 하지만 그 과장된 모습이 전혀 부담스럽지 않은 피자집 할머니의 환대를 받으며 자리에 앉았다. 정체를 알 수 없는 야채수프가 나왔다. 어쩌다 들어간 미국 어느 시골의 가정집에서 툭 하고 내놓을 법한 비주얼의 수프였다. '와'할 정도는 아니었지만 '오'할만한 맛이었다. 수프를 먹고 있으니 피자가 나왔다. 할머니는 저 멀리서부터 활짝 웃으며 한 손으로 피자 쟁반을 들고 왔다. 쟁반을 테이블 위에 내려놓은 할머니는 갑자기 쟁반을 손으로 돌리더니 냄새를 맡아보라고 하셨다. 빙글빙글 돌아가는 피자 쟁반 위로 코를 갖다 대니, 음, 뭐랄까, 미국의 냄새가 물씬 났다. 이게 미국 피자구나 싶었다. 라지 사이즈 같은 스몰 사이즈 피자를 먹고 나니 배가 터질 것 같았다. 친절함에 대한 보답으로 팁을 두둑이 드리고 나와 차를 탔다. 차 안의 공기가 후덥지근했다. 그제야 캘리포니아를 실감할 수 있었다.

우리는 샌프란시스코에서 30분 정도 떨어진 발레이오(Vallejo)에 머물면서 캘리포니아 적응기를 거쳤다. 이틀은 나파밸리 와이너리를 구경했고, 하루는 샌프란시스코에 들러 도시의 복잡함을 즐겼다. 따가운 햇볕, 따스한 바람, 건조한 공기에 적응이 됐을 때쯤, 우리는 캘리포니아 1번 해안도로 로드 트립을 위해 발걸음을 옮겼다.

이번엔 절대 서두르지 않으리라 다짐했다. 몇 시까지 어느 장소에 도착해야 한다는 최소한의 계획도 세우지 않았다. 가다가 멋있는 곳이 나오면 잠시 머물고, 머물다 지겨워질 때쯤 다른 곳으로 다시 이동하고, 배가 고프면 근처에 있는 아무 식당에나 들러 배를 채우고, 배가 채워지면 다시 떠나기로 했다.

적당히 놀았다 싶으면 숙소 예약 사이트에 남은 숙소에

서 묵기로 했고, 혹시나 마땅한 숙소가 없으면 차의 트렁
크를 숙소로 사용하기로 했다. 계획에 따라 마음을 움직
이는 게 아니라, 마음에 따라 계획을 수정하기로 했다. 무
계획에서 오는 우연의 음악을 따라 신나게 춤추기로 했
다.

　우리의 시작은 금문교(Golden Gate Bridge)였다. 샌
프란시스코를 대표하는 관광지였다. 세계에서 가장 유
명한 현수교라고 알려졌지만, 이곳에 대한 기대는 별
로 없었다. 샌프란시스코를 돌아다니다 트윈 픽스(Twin
Peaks)에 들렀는데, 그곳에서 저 멀리 보이는 금문교를
봤을 때도 별 감흥이 없었다. 지인들이 샌프란시스코 여
행을 다녀와서 찍은 사진을 봤을 때도 전혀 감흥이 없었
다. 다리가 그냥 다리지, 다들 왜 그렇게 호들갑일까 생각
했다. 하지만 골든게이트 뷰 포인트(Golden Gate View
Point)에서 바라본 금문교는 달랐다. 빨간색의 현수교 아
래로 펼쳐진 드넓은 바다는, 마치 영화의 스틸컷 같았다.
뜨거운 태양을 받아 빛을 뿜어내는 바다와 바다가 떠받들

고 있는 듯한 금문교를 보고 있으니, 그 아름다움에 잠시
뇌가 정지된 기분이었다. 순간에 사로잡힐 수밖에 없었
다. 과거에 대한 생각, 미래에 대한 불안 따위는 없었다.
오로지 지금, 현재, 순간만 존재했다. 한참을 순간에서 헤
어나오지 못한 나는, 겨우 그 순간에서 벗어나 이렇게 말
했다. "와, 벌써 이렇게 멋있으면 어떡하지? 여기보다 더
멋있는 곳은 없을 것 같은데."

괜한 걱정이었다. 금문교에서 얼마 가지 않아 나타난 하프 문 베이(Half Moon Bay)도 그만큼이나 아름다웠다. 반달 모양으로 펼쳐진 바다와 잔잔히 밀려오는 파도가 얼마나 아름답던지. 이곳을 그냥 지나치기가 어려웠다. 나는 트렁크에서 캠핑용 벤치 의자와 먹다 남은 식빵과 잼을 꺼내, 바다 앞에 우리만의 식탁을 만들었다. 막상 의자를 깔고 앉으니 멀리서 바라본 것과는 달리, 바람도 세고 햇볕도 따가웠다. 갈매기 떼들과 까마귀가 달려들어 먹는 걸 방해하기도 했다. 하지만 전혀 귀찮게 느껴지지 않았다. 오히려 이 모든 불편함이 낭만적으로 느껴졌다.

하프 문 베이에서 여유롭게 시간을 보낸 우리는 충분히 머물렀다는 생각에 더 아래로 이동했다. 그런데 얼마 가지 않아 우린 또다시 차를 멈출 수밖에 없었다. 어디인지도 모를 넓고 거친 바다에서 윈드서핑과 카이트서핑을 하는 사람들이 보였기 때문이다. 언뜻 봐도 나보다 훨씬 나이가 많아 보이는 아저씨들이 거친 파도를 조롱이라도 하듯 자유롭게 서핑을 타고 있었다.

한강에서 윈드서핑을 배우던 시절, 나는 바람이 조금만

세게 불어도 중심을 잡지 못하고 강에 빠져 허우적거리곤 했는데, 이들은 달랐다. 프로 중의 프로였다. 자신의 키보다 더 높은 파도가 오는데도 신나게 윈드서핑을 즐기고 있었다. 커다란 낙하산을 달고 카이트서핑을 타는 아저씨들은 거의 하늘을 날아다니고 있었다. 몸이 붕 뜰 정도로 매서운 바람이었지만, 그 바람을 즐기며 거침없이 나아가고 있었다. 그들의 자유로운 비행을 보니 감탄사가 절로 나왔다.

내가 직접 타는 것도 아니고, 남이 타는 것을 멀리서 바라보는 것만으로도 이렇게 가슴이 뻥 뚫리다니. 다음에 이곳에 다시 들른다면, 그때는 나도 이 장면을 구경하는 관중이 아니라, 저들과 함께 하는 참여자가 되겠다고 다짐했다.

우리는 차를 몰고 조금 더 아래로 내려가다 또다시 차를 멈춰 세웠다. 샌그레고리오 해변(San Gregorio Beach)이 나타났기 때문이다. 이곳은 누드 비치로 유명한 곳이다. 하지만 바람이 제법 차가워서 그런지 누드로 일광욕을 즐기는 사람은 없었다. 우리를 반기는 건, 드넓은 바다와 수많은 갈매기 떼뿐이었다. 내가 기대했던 것과는 다른 모습이었다. 하지만 나는 이곳을 캘리포니아 해안도로에서 가장 기억에 남는 바다로 꼽는다.

석회질로 된 언덕이 높게 솟아 있는 곳, 그 언덕을 올라가면 어디가 끝인지 모를 정도로 길게 뻗어 있는 바다를 감상할 수 있는 곳, 물안개가 자욱하게 깔려 신비한 분위기를 연출하는 곳. 거대하면서 아름답고, 거칠면서 잔잔한 곳이 바로 샌그레고리오 해변이었다.

처음에 샌그레고리오 해변에 들렀을 땐 곧장 바다로 향했지만, 두 번째로 들렀을 땐 주차장 옆으로 난 언덕길을 따라 올라갔다. 단숨에 그 언덕을 달려 꼭대기에 도착했는데, 입이 떡 하고 벌어져 턱이 얼얼할 정도였다. 수없이 많은 바다를 봤지만, 이건 정말 내가 본 것 중에 최고의 풍경이었다. 높은 언덕 위에서 내려다본 샌그레고리오 해변은 멋있다는 표현이 부족할 정도로 차원이 다른 바다였다.

반려견과 함께 바다를 즐기는 사람과 아장아장 걷는 아이와 함께 바다에 발을 담그는 부부가 보였다. 두 손을 꼭

잡고 해변을 걷는 노부부도 보였다. 언덕 위에서 내려다
본 샌그레고리오 해변은 비현실적인 느낌이었다. 마치 세
상에서 가장 큰 대형 스크린에 세상에서 가장 아름다운
해변을 담은 영상을 보는 느낌이랄까. 말로 형용할 수 없
는 풍경이었다. 이 장면을 내 두 눈으로 직접 보고 있다는
사실이 그저 감사할 뿐이었다.

우린 숙소로 돌아와 캘리포니아 나파밸리 와인을 마시
며, 오늘을 회상했다. 가고 싶으면 가고, 머물고 싶으면
머물고, 머물다 지치면 다시 떠났던 하루. 마음이 움직이
는 대로 발을 움직이다 만났던 한 편의 영화 같았던 풍경.
그 풍경 속을 우리가 함께 걷고 있다는 사실이 믿기지 않
았다.

이 정도면 끝이라고 생각했다. 이 이상은 더 새로운 게
없을 수도 있겠구나 싶었다. 그렇다. 난 여전히 모르는 게
많았다. 앞으로도 내 입을 떡 벌어지게 할 만한 순간들이
나를 사로잡을 거라는 걸, 여전히 모르고 있었다.

CALIFORNIA
돌고 돌아 내 인생도

삼촌은 우리에게 캘리포니아 1번 해안도로를 꼭 가봐야
한다며, 이렇게 말씀하셨다. "차를 타고 캘리포니아 1번
해안도로를 달리고 있으니까, 내가 영화 속의 주인공이
된 것만 같은 기분이 들더라니까."

여기까지 오는 길도 물론 충분히 멋있었다. 길 양옆으
로 보이는 초원, 초원 위에서 풀을 뜯어 먹는 소와 말들,
그 너머로 보이는 바다도 충분히 멋있었다. 하지만 바다
를 가까이서 볼 수 있는 도로가 그렇게 길진 않았기 때문
에 아쉽기도 했다. 바다를 더 가까이 느끼기 위해선 입구
로 진입하거나, 뷰 포인트에 차를 주차해야 했다. 영화 속
의 주인공이 된 것 같은 느낌을 받기에는 조금 아쉬웠다.

하지만 빅 서어는 달랐다. 정신을 차리고 운전하지 않으면 차가 도로를 이탈할 수도 있겠구나 싶을 정도로 도로와 바다가 가까이 맞닿아 있었다. 아슬아슬한 길을 안전하게 달리기 위해선 속도를 줄일 수밖에 없었는데, 속도를 줄이다 보니 자연스럽게 창밖의 풍경을 눈에 담을 수 있었다. 도로 위에서 바라본 창밖의 풍경은 말로 표현하기 힘들 정도로 아름다웠다. 마치 아프리카 초원을 푸른 바다가 뒤덮고 있는 것만 같았다. 어디가 끝인지 모를 바다가 햇살에 반짝거리며 광활하게 펼쳐져 있었다. 어제 봤던 샌그레고리오 해변과 같은 바다가 끝없이 펼쳐졌다.

손을 뻗으면 닿을 것만 같은 빅 서어의 바다를 보며 시간이 가는 줄 모르고 해안도로를 운전했다. 삼촌의 말씀대로 〈캘리포니아 1번 해안도로〉라는 영화의 주인공이 된 기분이었다. 두 눈으로 직접 보고 있지만, 마치 스크린을 거쳐 풍경을 보고 있는 것만 같았다. 비현실적으로 아름다운 풍경에, 자꾸 그런 생각이 들 수밖에 없었다. 내가 실제로 이렇게 아름다운 곳을 지나고 있다는 게 믿기지 않았다.

　우린 빅 서어를 지나 더 아래로 향했다. 아무리 계획이
없다지만, 종착지는 정해야 했다. 우리가 정한 종착지는
야생 코끼리물범을 볼 수 있다는 'Elephant Seal Vista
Point'였다. 이곳을 종착지로 정한 이유는 없었다. 전날
와인을 마시다 흥에 겨워 지도를 켜고 즉흥적으로 정한
곳이었다.

샌프란시스코에 갔을 때, 피곤한 몸을 이끌고 샌프란시스코만 연안에 있는 종합 쇼핑몰, 피어 39(Pier 39)에 들렀다. 쇼핑을 위해 들른 건 아니었다. 바다사자를 보기 위해서였다. 항구와 가까워질수록 저 멀리서 '엉, 엉'하는 소리가 들렸다. 바다사자의 울음소리였다. 항구에 도착하니 수많은 바다사자가 바다에 둥둥 떠 있는 나무판 위에 올라가 일광욕을 즐기고 있었다. 언제부터, 어쩌다 이곳에 이렇게나 많은 바다사자 무리가 모였을까. 신기하기도 하고, 좁은 나무판 위에 자신의 잠자리를 챙기기 위해 몸싸움을 벌이는 바다사자의 모습이 귀여워서, 심한 악취를 참으며 오랜 시간 구경했다.

그땐 바다사자와의 거리가 좀 있어 아쉬운 마음이 있었지만, 이번엔 코끼리물범을 야생에서 볼 수 있다는 생각에 신이 났다. 그곳까지 가는 거리가 짧지는 않았다. 빅서어에서 두 시간은 더 내려가야 하는 곳이었다. 하지만 힘들지 않았다. 구불구불한 해안도로를 운전하는 것도, 어제 마신 와인 때문에 생긴 약간의 두통, 약간의 두통을 자꾸 자극하는 뜨거운 태양도, 모두 나쁘지 않았다. 오로지 코끼리물범들과 함께 교감하며 사진도 찍고 영상도 찍을 생각에 설레는 마음뿐이었다.

도로 위엔 거의 아무도 없었다. 내가 잘못된 방향으로 가고 있는 건 아닐까 싶었지만, 그럴 리가 없었다. 아무리 내가 길치라도 그럴 순 없었다. 그저 1번 국도를 쭉 타고 가는 길인데, 길을 잘못 들었을 리가. 다행히 길이 하나밖에 없는 곳에서 길을 잃는, 세상에서 가장 바보 같은 일은 일어나지 않았다. 조금 더 달리다 보니 오른편에 크나큰 주차장이 보였고, 그 주차장엔 수많은 차가 주차돼있었다. 도대체 다들 어디서 온 건지, 도로 위에선 보이지 않던 사람들이 코끼리물범을 보기 위해 북적이고 있었다.

나도 주차를 하고 '엉, 엉' 소리를 내는 코끼리물범 곁으로 다가가려 했다. 그런데 울타리가 꽤 길었다. 울타리를 따라가면 바다로 이어지는 계단이 나오겠지, 생각하며 계속해서 걸어갔지만, 그런 일은 일어나지 않았다. 바다로 이어지는 길은 없었다. 코끼리물범에게 다가가는 길은 막혀 있었다.

야생 동물 보호를 위해 이렇게 울타리를 치는 게 당연한 일인데, 왜 나는 전혀 생각하지 못했을까. 왜 야생 코끼리 물범 곁에서 함께 사진을 찍겠다는, 철부지 아이 같은 생각을 했을까. 너무 비현실적인 여행을 오래 하다 보니 더는 이성적인 생각을 할 수 없게 된 걸까. 저 멀리 널브러져 있는 코끼리물범의 모습에 헛웃음이 나왔다.

어쩔 수 없이 울타리를 앞에 두고 코끼리물범을 볼 수밖에 없었다. 피어 39에서 바다사자를 봤을 때의 거리보다 훨씬 더 먼 거리였다. 좀 이쪽으로 가까이 와주면 좋으련만. 저 멀리서 일광욕을 즐기는 수백 마리의 코끼리물범을 보고 있으니 조금은 분통이 터졌다. 내가 기대한 것과 다른 모습이었지만, 내가 선택한 길이니 어쩔 수 없었다. 코끼리물범을 멀리서 지켜보는 것 외엔 딱히 할 수 있는 게 없는 곳이라 오랜 시간을 보낼 수도 없었다. 우린 다시 빅 서어 방면으로 차를 돌렸다.

빅 서어에 도착한 우리는 저녁을 먹기 위해 바다가 보이는 한 레스토랑에 들렀다. 바빠서 그런 건지 원래 태도가 그런 건지, 조금은 불친절해 보이는 직원이 우릴 맞이했다. 대기 인원이 많으니 조금 기다려야 한다고 했다. 기다리는 동안 메뉴판을 훑었다. 음식 가격이 매우 불친절했다. 그저 바다 앞에 있다는 이유로 이곳에서 저녁을 먹고 싶진 않았다. 우린 발걸음을 돌리기로 했다. 하지만 굶주림을 길게 참을 순 없어, 근처의 작은 편의점에서 산 음식으로 저녁을 때우기로 했다. 점원의 말이 너무 빨라 이

해를 잘못해서 엉뚱하게 시킨 샌드위치 두 개, 음료수 두 개, 작은 아이스크림 두 개가 우리 둘의 저녁 식사였다. 차가 가득한 마트 앞의 비좁은 주차장에서 이걸 먹기엔 괜히 눈치가 보여 차를 이동하기로 했다.

차를 잠시 주차할 만한 곳을 찾는데, 새파랬던 하늘이 점점 주황색으로 바뀌기 시작했다. 벌써 해가 지는구나, 하며 별생각 없이 차를 몰다 왼쪽 창문을 바라봤다. 순간, 나는 '와'하는 탄식에 가까운 감탄사를 내뱉을 수밖에 없었다. 하늘 아래 펼쳐진 잔잔한 바다에, 둥그런 해가 반쯤 걸린 상태로 주홍빛을 뿜고 있었기 때문이다.

나는 이런 광경을 본 적이 없었다. 산에 오르다 구름 사이로 빼꼼 내민 일출을 본 적은 있었다. 구름 가득한 서해 어느 바다에서 보라색 빛을 뿜는 하늘 사이로 사라지는 일몰을 본 적은 있었다. 하지만 새파란 하늘과 새파란 바다 사이로 이렇게나 선명한 주홍빛을 내며 사라지는 태양을 본 적은 없었다.

노을이 지는 캘리포니아 어느 해안도로의 갓길. 이곳이 오늘 우리의 레스토랑이었다. 비록 주문을 잘못하긴 했지

만, 샌드위치 맛은 끝내줬다. 뭘 먹은들 맛이 없을 수가
없었다. 세상에서 가장 아름다운 노을을 보며 먹는 음식
에 그 누가 불평할 수 있을까. 최고의 레스토랑에서 만찬
을 즐긴 우리는, 해가 바닷속으로 완전히 숨을 때까지 넋
을 놓고 감상했다. 나는 노을이 다 지고 나서 이렇게 말했
다. "오늘 우리가 이거 보려고 그렇게 고생했나 봐."

기대했던 것과 다른 코끼리물범을 보기 위해 왕복 네 시간을 달리고, 저녁을 먹기 위해 들렀던 레스토랑에서는 왠지 모를 불편함에 쫓기듯 나오고, 편의점에서는 주문을 잘못해 엉뚱한 샌드위치가 나왔지만, 결국에 우리가 마주한 건 너무나 아름다운 '해안도로의 노을'이라는 선물이었다. 이 선물을 받기 위해 우린 그렇게 돌고 돌았던 게 아닐까.

내 삶도 그랬으면 좋겠다고 생각했다. 엉뚱한 길목으로 들어와 시간이 지체되더라도, 기대했던 것과 다른 삶이 펼쳐지더라도, 돌고 돌다 결국에는 이렇게 멋있는 장면을 만날 수 있는, 그런 삶이었으면 좋겠다고 생각했다.

CALIFORNIA
모든 게 완벽했던 숙소

하루 더 머물기로 했다. 어딜 더 가고 싶다거나, 가야만 하는 곳이 있어서 머물고자 했던 건 아니다. 이대로 해안도로를 떠나기엔 뭔가 아쉬웠기 때문이다. 그저 캘리포니아 1번 해안도로에서 조금만 더 머물고 싶었다.

마지막 날은 어디서 시간을 보낼까 고민했다. 새로운 곳을 가기보다는, 우리가 들렀던 곳 중 가장 기억에 남는 곳을 다시 찾기로 했다. 꽤 중요한 선택이었지만, 선택하는 데 시간이 오래 걸리지는 않았다. 샌그레고리오 해변. 우리에게 최고의 뷰를 선사했던 샌그레고리오 해변을 다시 찾기로 했다. 어제 봤던 그 노을을, 샌그레고리오 해변의 언덕 위에서 보면 어떨지 궁금했다. 과연 그곳에서의 노을은 어떤 장면일까. 상상만 해도 소름이 돋았다.

저녁이 오기 전까지 우린 해안도로를 달리며 시간을 보냈다. 길을 가다 문득 들른 포인트 로보스(Point Lobos)에서 바다 위를 헤엄치는 물개와 그 위를 날아다니는 펠리컨을 보며, 트레일 코스를 세 시간 정도 걸었다. 그리고 허기진 배를 채우기 위해 하프 문 베이의 'Tres Amigo'라는 멕시칸 레스토랑에 들러 인생 최고의 부리또를 먹었다. 배를 든든히 채우고 나니, 어느덧 새파랬던 하늘의 색이 조금씩 옅어지기 시작했다. 곧 노을이 진다는 신호였다. 우리는 늦기 전에 샌그레고리오 해변으로 향했다.

다행히 노을은 아직이었다. 서둘러 언덕을 올랐다. 우리에게 최고의 뷰를 선사했던 언덕이었다. 그 위에는 아무도 없었다. 바다와 우리 외엔 아무도 없는 그곳에 캠핑용 의자를 놓고 앉았다. 그리고 고개를 들어 바다를 바라봤다. 솥뚜껑보다 큰 새빨간 해가 다채로운 색을 뿜으며 바다 위에 둥둥 떠 있었다. 믿기지 않을 정도로 크고, 선명한 해였다. 한동안 아무 말을 할 수 없었다. 그저 숨을 죽이고 해를 쳐다볼 수밖에 없었다.

우린 의자에 앉아 자연이 선물해주는 세상에서 가장 아름다운 노을을 아무 생각도 하지 않고 감상했다. 해는 우리에게 시간을 줄 테니 천천히 즐기라는 듯, 천천히, 아주 천천히 바닷속으로 숨었다. 마치 바다가 해를 집어삼키는 모습 같기도 했다. 어제 도로 위에서 본 노을도 환상적이었지만, 샌그레고리오 해변의 언덕 위에서 바라본 노을은, 뭐랄까, 노을을 감상하는 동안 시공을 초월하는 느낌이었다. 너무나 꿈 같은 풍경 때문에, 내 앞에 있는 저 풍경이 꿈인지, 저 풍경을 바라보고 있는 내가 꿈인지 헷갈릴 지경이었다. 해가 다 질 때까진 꽤 오랜 시간이 걸

렸다. 하지만 그 시간이 너무나도 짧게 느껴졌다. 마치 그런 기분이었다. 지금 내 삶에서 가장 달콤한 꿈을 꾸고 있는데, 그 꿈에서 너무 빨리 깨버린 탓에 다시 잠들고 싶은 기분. 인생 최고의 노을을 본 우리는, 아쉬운 마음을 뒤로한 채 숙소로 향했다.

계획 없는 우리에게도 꼭 하고 싶었던 일이 하나 있었다. 해안도로에서의 차박이었다. 이건 포틀랜드의 캠핑용품 매장에 들러 침낭을 산 순간부터 계획하고 있었다. 정확한 날짜를 정하지는 않았지만, 해안도로에서 자고 일어나 꼭 일출을 보리라 다짐하고 있었다.

그래서 마지막 날, 해안도로를 돌아다니며 곳곳에 있는 주차장을 눈여겨봤다. 그러다 발견한 주차장이 하나 있었다. 화장실도 근처에 있고, 주차장도 넓어서 하룻밤을 지내기에 나쁘지 않아 보였다. 게다가 샌그레고리오 해변 근처여서 접근성도 좋았다.

달빛 외엔 가로등 하나 없는 어두운 도로를 달려 주차장, 아니, 우리의 숙소에 도착했다. 해안도로에서 차박하는 사람이 많다는 이야기를 들었는데, 생각보다 사람이 없었다. 시간이 지나자 그나마 있던 사람들도 하나둘 빠지기 시작했다. 이상한 일이었다. 결국, 그 주차장엔 우리 둘밖에 남지 않았다. 뭔가 잘못된 게 아닐까 싶었지만, 우린 계획대로 침대를 만들었다. 차의 둘째 열 시트를 접고, 모든 짐을 앞 좌석으로 옮겼다. 다행히 시트를 접는 것만으로도 평탄화가 잘 되는 차라, 그 위에 침낭만 깔아도 큰 불편함 없이 누울 수 있었다.

캘리포니아도 밤엔 제법 쌀쌀했다. 나는 옷을 갈아입고 재빨리 침낭 안으로 들어갔다. 그때 저 멀리서 차 한 대가 주차장으로 들어왔다. '이 환상적인 밤을 함께 보낼 동지가 한 팀 늘었군.'

그런데 하얀 트럭 안에 있는 동지는 제대로 주차를 하지 않고 차를 멈춰 세우더니, 우리 숙소를 향해 라이트를 여러 번 깜빡였다. 수상한 느낌에 창밖을 내다봤더니, 하얀 트럭에 이런 문자가 보였다. 'RANGER'

해안도로를 지키는 레인저였다. 아, 이제야 겨우 자리를 잡았는데. 이제 눈만 감고 잠들면 되는 건데. 제발 여기서 잠만 자게 해달라고 마음속으로 기도하며, 레인저에게 다가갔다. 하지만 그는 이렇게 말했다. "당신이 해안도로에서 자는 건 상관없지만, 이런 공영 주차장에선 밤중에 주차가 허용되지 않습니다."

이젠 어떻게 해야 하나, 망연자실한 표정을 짓고 있는 내게 레인저는 친히 다른 장소를 알려 줬다. 여기서 조금만 앞으로 직진하다가 왼쪽을 보면, 사람들이 차박하는 장소가 있다고 했다. 고마운 정보였다. 우린 애써 세팅한 숙소를 다시 정리하고, 그가 말한 곳으로 이동했다. 하지만 그곳은 바다와 멀리 떨어져 있을뿐더러 황량한 사막 같은 느낌이라, 해안도로에서의 마지막 밤을 장식하기엔 아쉬웠다. 대충 타협하고 잘까 생각했지만, 그럴 순 없었다. 우리는 깜깜한 도로 위를 천천히 달리며 괜찮은 숙소를 찾아 나섰다.

"여기?" "여긴 좀 별론데⋯." "오? 여기?" "여긴 너무 위험하지 않을까?" 밤중에 새로운 차박지를 찾는 건 쉽지 않은 일이었다. 하지만 계속 두드린 끝에, 바다 바로 옆에 있는 넓은 갓길을 찾았고, 우린 이곳에 다시 숙소를 만들었다. 모든 짐을 다시 앞 좌석에 놓고, 환기를 위해 창문을 조금 연 다음, 침낭 안으로 끙끙거리며 들어가 눈을 감았다. 그리고 깊은 잠에 빠졌다.

다음날, 아침 일찍 눈을 떴다. 아직 해가 뜨지도 않은 시간이었다. 그 고생을 하고도 아침 일찍 개운하게 눈을 뜰 수 있다는 게 신기했다. 일출에 대한 기대감 때문이었을

것이다. 나는 일출을 놓칠까 봐 서둘러 문을 열고 밖으로 나왔다. 하늘을 보니 푸르스름한 빛과 보랏빛이 섞여 있었다. 이미 해가 뜬 건지, 아직 뜨기 전인지 헷갈렸다. 하늘만 보면 다시 밤이 오고 있는 것 같은 느낌이었다.

　나는 바다 앞에서 일출을 기다렸다. 하지만 아쉽게도 해를 볼 수 없었다. 아마 바다 맞은 편에 있는 언덕 너머로 해가 떴을 것이다. 일출을 볼 생각이었으면, 전날 나침반이라도 켜서 확인해 볼 걸, 하는 생각이 들었지만 뭐, 상관없었다. 아직 해를 만나지 못해 검푸른 색을 띠고 있는 파도가 우릴 향해 잔잔하게 밀려오고 있었다. 고개를 들어 하늘을 보니 보랏빛의 하늘이 서서히 걷히고 파란색의 하늘이 우리에게 아침 인사를 하고 있었다. 고개를 돌려 사연이 많았던 우리의 숙소를 보니, 이 험난한 여정을 함께 나눈 짝꿍이 침낭에서 나와 눈을 비비고 있었다. 모든 게 완벽한 아침이었다. 모든 걸 다 갖춘, 캘리포니아 1번 해안도로에서의 마지막 날이었다.

CALIFORNIA
폭포가 말라버린 요세미티

아침 식사로 하프 문 베이에서 부리또를 먹을 생각이었지만, 아쉽게도 문을 열지 않았다. 그래서 근처에 있는 마트에서 부리또와 비슷한 느낌을 풍기는 샌드위치를 샀다. 아침 식사로 충분한 샌드위치였다. 마트 주차장에서 아침 식사를 해결한 후 요세미티 국립공원으로 향했다. 요세미티 국립공원까지는 차로 약 네 시간이 걸렸다. 전날 차 안에서 잠을 자고, 아침에 일어나자마자 네 시간을 운전하는 게 피곤할 법도 했지만, 요세미티의 기운을 받아서인지 전혀 피곤하지 않았다. 오히려 상쾌했다.

요세미티로 가는 길, 산불로 타버린 나무들을 심심치 않게 볼 수 있었다. 푸릇푸릇해야 할 산이 새까맣게 타버린 모습을 보고 있으니 마음이 착잡했다. 사실 해안도로에 오기 전, 우리가 머물던 발레이오에서는 산불 연기가 시내까지 밀려오기도 했다. 매캐한 냄새에 코를 가리고 우릴 향해 다가오는 산불 연기를 쳐다보고 있는 건, 우리뿐이었다. 지역 주민들은 산불에 익숙해졌는지 신경도 쓰지 않는 것 같았다. 시원하게 비라도 내리면 좋으련만, 몇 년간 이어지는 혹독한 가뭄과 강한 바람 때문에 캘리포니아의 산불은 멈출 생각을 하지 않았다.

어쨌든, 조금은 삭막한 풍경을 마주하며 도로 위를 달렸다. 세 시간 동안은 평범한 길이 이어졌다. 그런데 절벽 옆으로 난 꼬부랑 길을 계속해서 돌고 또 돌아 요세미티 국립공원의 입구로 들어선 순간, 정말 거대한 산이 나타났다. 보통 생각하는 숲이 우거진 녹색의 산이 아니었다. 온통 바위로 이뤄진 회색의 민둥산이었다. 설악산도 가보고, 지리산도 가보고, 서울에 있는 산이란 산은 다 가봤지만, 내 생에 이런 거대한 바위산은 본 적이 없었다. 도로에 주차돼있는 차들이 장난감처럼 느껴지게 만드는, 말도 안 되는 크기의 거대한 산이었다.

  평일인데도 사람이 꽤 많았다. 주차할 곳이 마땅치 않아
같은 곳을 돌고 또 돌았다. 같은 길을 두 번쯤 돌았을 때,
운이 좋게도 이제 막 빠지는 차의 자리에 가까스로 차를
댈 수 있었다. 우린 그 자리에서 오전에 마트에서 산 샌드
위치로 간단히 배를 채웠다. 그리고 죽기 전에 꼭 한번 봐
야 한다는 요세미티 폭포로 발걸음을 옮겼다.

  폭포는 주차한 곳에서 그리 멀지 않았다. 하지만 길을
한참 헤맸다. 분명 표지판은 이곳이 요세미티 폭포라고
가리키고 있었는데, 눈을 씻고 찾아봐도 폭포를 볼 수 없었기 때문이다. 보통은 폭포의 크기가 어마어마해서 주차장에서도 보였어야 했다. 하지만 아무리 가까이 다가가도 폭포는커녕 물 한 방울도 볼 수 없었다. 관광객들이 몰려 있는 걸 봐선 이곳이 분명히 폭포가 맞는 거 같은데, 무슨 일인지 영문을 알 수가 없었다.

그래도 혹시나 하는 마음으로 폭포 쪽으로 더 가까이 다가갔다. 사람들이 어딘가를 쳐다보며 웅성거리고 있었다. 나도 그들의 시선을 따라 고개를 돌렸는데, 충격적인 광경을 목격하고야 말았다. 아주 미세한 물줄기가 산을 타고 떨어지고 있었다. 마치 고장 난 수도꼭지에서 떨어지는 물줄기 같았다. 이렇게 힘없는 물줄기가 요세미티 폭포일 리가 없었다. 하지만 표지판이 말하고 있었다. 이곳이 바로 요세미티 폭포라고.

그 모습을 본 나는, 그제야 모든 걸 이해할 수 있었다. 우리가 길을 잘못 찾은 게 아니었다. 믿기진 않지만 극심한 가뭄으로 인해 폭포가 말라버린 것이었다. 얼마나 가뭄이 심하면 이 웅장한 폭포가 말라버릴 수 있을까. 잘 와닿지 않았던 캘리포니아 가뭄의 심각성을 단번에 깨달을 수 있었다. 모두가 말했다. 요세미티 폭포는 죽기 전에 꼭 한번 봐야 하는 곳이라고. 마치 하늘에서 거대한 물줄기를 쏟아내는 것만 같은 장면을 본다면, 너는 입을 다물지 못할 거라고. 하지만 내 눈 앞엔 기대와 다른, 힘없는 물줄기만 흐르고 있을 뿐이었다. 그 물줄기를 보고 있으니 아쉽고 실망스러운 마음보다 안타까움이 더 컸다.

이젠 어디로 가야 하나. 원래는 폭포를 보고 나서 다음 목적지를 정할 생각이었다. 두 시간 정도 걸으면 도착하는 폭포의 윗부분에 가서 사진도 찍고 영상도 찍고, 떨어지는 폭포를 보며 여유롭게 시간을 보내다, 저녁이 되면 다음 목적지로 이동하려고 했다. 하지만 이번 계획도 어김없이 물거품이 됐다.

이 넓고 넓은 요세미티 국립공원에서 어딜 가야 할지 고민하다, 문득 머리에 떠오른 곳이 있었다. 미러 레이크 (Mirror Lake)였다. 커다란 호수가 요세미티의 산을 거울처럼 비추고 있다고 해서 붙여진 이름이었다. 아쉽게도 인생 폭포는 놓쳤으니, 인생 호수라도 보고 갈 셈이었다.

폭포에서 호수까지는 생각보다 먼 거리였다. 아침 일찍

일어나서 네 시간을 운전하고, 샌드위치로 끼니를 때우고 걷기엔 조금 힘든 거리였다. 보통은 더는 못 걷겠다며, 바닥에 주저앉아야 마땅한 코스였다. 하지만 신기하게도 산의 기운 때문인지 맑은 공기 때문인지 생각보다 힘들지 않았다.

들어가면 들어갈수록 인적이 드문, 약간은 으스스한 산길이 이어졌다. 곳곳에 곰의 배설물로 추정되는 물체가 보였다. 그토록 보고 싶은 야생 곰이었지만, 이런 곳에서 마주하긴 싫었다. 한참을 걷다 보니 드디어 미러 레이크의 입구를 알리는 팻말이 나타났다. 드디어 도착했구나, 하는 생각에 약간의 안도감이 들었다.

팻말이 가리키는 길을 따라 조금 더 걸으니, 넓게 펼쳐진 자갈밭과 그 자갈밭을 둘러싼 거대한 바위산이 나를 기다리고 있었다. 말로 표현하기 힘든 압도적인 광경에 잠시 정신을 잃을 뻔했지만, 다시 정신을 차리고 호수를 찾았다. 하지만 호수는 없었다. 잔잔하게 고여 있는 물을 찾기 위해 이곳저곳을 둘러봤지만, 내가 생각하는 호수는 찾을 수 없었다. 그러다 한참 뒤에 깨달았다. 내가 지금

발을 딛고 서 있는 이곳이, 요세미티의 거울이라고 불리
는 미러 레이크라는 것을.

믿기 힘든 광경이었다. 하지만 눈 앞에 펼쳐진 놀라운 광경에 실망하거나 안타까움을 느낄 겨를이 없었다. 우린 호수의 가운데로 걸어가, 호수를 360도로 감싸고 있는 산을 쭉 둘러봤다. 뭐라고 표현해야 할까. 끝이 보이지 않는 거대한 벽이 나를 향해 밀려오는 기분이랄까. 나보다 키가 10배는 큰 거인들이 나를 둘러싸고 있는 기분이랄까. 거대한 자연 앞에서 무릎이라도 꿇어야 할 것만 같은 기분이었다.

미러 레이크는 마치 세상이라는 태풍 속에 있는 태풍의 눈 같았다. 너무나 고요했다. 요세미티가 제공하는 노이즈 캔슬링 기능이 완벽한 헤드폰을 끼고 있는 것만 같았다. 내 눈에 보이는 건, 오직 나를 둘러싼 거대한 요세미티 산뿐이었다. 따스한 햇볕, 선선한 바람, 고요한 공기. 모든 게 완벽했다. 온몸에 소름이 돋았다. 행복감을 느끼게 만드는 호르몬이 뿜어져 나오는 게 느껴질 정도였다. 그 순간만큼은 과거와 미래가 없었다. 오직 현재, 이 순간만 존재했다. 이 순간을 온전히 느끼는 것 외에 다른 건 생각할 수가 없었다. 더군다나 관광객도 거의 없었다. 이

거대한 태풍의 눈을 밟고 있는 건, 저만치 앉아서 반가부좌를 틀고 명상을 하는 두 사람과 우리뿐이었다. 나는 물이 말라버린 호수 바닥에서 달리기도 하고, 걷기도 하고, 제자리에 서서 아무 말 없이 산을 바라보기도 했다. 우리는 요세미티 국립공원이 주는 알 수 없는 기운에 사로잡혀 온전히 순간을 즐겼다.

전날 차에서 자고 네 시간을 달려 도착한 요세미티 폭포는 물이 말라버려 구경도 할 수 없었고, 두 시간을 걸어서 도착한 미러 레이크 또한 물이 말라버려 내가 기대한 장면은 볼 수 없었다. 하지만 기대한 장면이 내 앞에 펼쳐져 있지 않았기 때문에, 뜻밖의 기대하지 못한 장면을 선물받을 수 있었다. 기대가 깨졌기에, 기대치 않았던 환상적인 순간을 맞이할 수 있었다.

이번 여행엔 내 삶이 투영된 것만 같았다. 내 삶의 대부분은 기대했던 것과 달리 흘러갔다. 그래서 때론 실망도 했지만, 기대와 다른 결과 덕분에 감사한 상황을 맞이하기도 했다. 기대와 달리 흘러가는 삶에 힘들기도 했지만,

기대하지 않았던 뜻밖의 선물을 받아 웃기도 했다. 기대처럼 흘러가지 않았기 때문에 기대하지 않았던 삶을 선물받았다. 지금까지의 내 삶은 그래왔고, 아마 앞으로도 그럴 것이다.

　미러 레이크에서 머물렀던 짧은 시간 동안 참 많은 생각을 했다. 아마 시간의 여유만 있었다면, 바닥에 아무렇게나 누워 낮잠이라도 잤을 것이다. 하지만 너무 많이 이동하고, 너무 많이 걸은 탓에 요세미티의 해가 서서히 지고 있었다. 해가 지기 전에 서둘러 가야 할 곳이 있었다. 오늘의 숙소, 글레이셔 포인트(Glacier Point) 주차장이었다.

CALIFORNIA
여름에 맞이한 눈

글레이셔 포인트는 요세미티 전체를 다 아울러 볼 수 있는 대표적인 뷰 포인트다. 우리의 계획은 이랬다. 일출을 보기 위해 관광객들이 밤을 새운다는 글레이셔 포인트의 주차장에서 차박을 하고, 아침 일찍 일어나 글레이셔 포인트로 가서 요세미티의 환상적인 뷰와 일출을 보는 것. 이게 우리의 완벽한 계획이었다. 캘리포니아 여행의 대미를 장식하기에 손색이 없다고 생각했다. 다음 날의 멋진 일출을 기대하며, 우리는 한 시간 정도 떨어져 있는 글레이셔 포인트로 향했다.

가는 길은 정말 환상적이었다. 구불구불한 길 위에서 만난 노을과 터널뷰(Tunnel View)에서 둘러본 요세미티의 모습은 정말 장관이었다. 하지만 서둘러야 했다. 어느덧 해가 지고 있었기 때문이다.

다행히도 글레이셔 포인트에 도착하고 나서야 해가 완전히 졌다. 주차하고 있는 차들이 꽤 많았다. 우리와 같은 계획을 세운 사람이 이렇게나 많다니. 우린 안심하고 숙소를 만들었다. 이젠 차를 숙소로 개조하는 게 어렵지 않았다. 두 번째 열 시트를 접고, 짐을 앞 좌석으로 다 밀고 침낭을 깔았다. 속전속결이었다.

해안도로의 마트에서 산 음식들로 끼니를 때우고, 칫솔을 꺼내 깨끗이 양치도 하고, 넉넉히 사둔 생수로 얼굴도 씻었다. 이 모든 과정을 함께 하는 짝꿍이 새삼 고마웠다. 이 과정을 나보다 더 즐기고 있는 듯한 그녀가 신기하기도 했다.

산의 꼭대기라 그런지 기온이 뚝 떨어져 있었다. 감기라도 걸릴까 봐 서둘러 차 안으로 들어가려고 했는데, 주차장을 다시 보니 이상하게도 우리가 도착했을 때보다 차가 줄어있었다. 다들 어디로 간 것일까. 우린 신경 쓰지 않고 침낭에 들어가 잘 준비를 했다.

그런데 창밖으로 차가 하나둘 떠나는 게 보였다. 이 어두운 밤에 다들 어딜 그렇게 가는 걸까. 결국, 마지막까지 주차장에 남은 차는 오직 우리뿐이었다. 이게 무슨 상황인지 묻고 싶었지만, 물을 사람도 없는 상황이었다. 혹시 규정이 바뀐 걸까. 해안도로처럼 이곳도 주차가 금지된 걸까. 머리가 복잡해졌지만, 내가 할 수 있는 건 없었다. 일단 계획대로 가는 수밖에.

불안을 잠재우고 눈을 감으려고 했지만, 그럴 수 없었다. 저 멀리서 하얀 트럭이 우릴 향해 조명을 깜빡였기 때문이다. 분명, 우리와 함께 밤을 새울 동지는 아니었다. 하얀 트럭, 커다란 조명. 이건 관광객이 아니라 국립공원의 레인저라는 걸, 어제의 경험을 통해서 알 수 있었다. 나는 애써 들어간 침낭에서 나와 주섬주섬 신발을 신고 레인저를 향해 다가갔다. 그러자 차에 달려 있던 확성기에서 위협적인 목소리가 들려왔다. "멈추세요."

나는 즉시 걸음을 멈췄다. 레인저는 둘이었다. 그들이 차에서 나오는 시간이 꽤 길게 느껴졌다. 더 차가워진 밤

공기에 나도 모르게 주머니에 손을 넣었다. 그러자 차에서 나온 레인저가 이번엔 육성으로 이렇게 말했다. "주머니에서 당장 손 빼세요."

운전하다가 혹시나 경찰을 만나면 절대 수상한 행동을 하지 말고, 운전대에 손을 가만히 올리고 있으라던 삼촌의 말이 떠올랐다. 경찰과 대치 중이었던 어느 미국인이 머리 뒤로 깍지를 끼고 있던 손을 풀고 흘러내리는 바지를 끌어 올리다 총을 맞은 이야기도 떠올랐다. 바지 주머니에서 총을 꺼내려는 행동으로 오해를 받은 것이다.

해안도로의 레인저와는 달리, 경계를 늦추지 않는 레인저에 맞춰, 나도 잔뜩 긴장한 채로 그들을 기다렸다. 차에서 나온 레인저는 내 신분증을 검사하고, 내게 여기서 뭘 하는 건지, 어디서 왔는지, 차 아래 있는 건 뭔지, 차 안에 있는 건 뭔지 확인하기 시작했다. 나는 아무것도 모른다는 표정으로 이렇게 말했다. "이곳 주차장에서 밤새 주차할 수 있다는 정보를 인터넷에서 보고 왔는데 혹시 제가 잘못된 정보를 본 건가요?"

레인저는 국립공원의 홈페이지에 있는 정보 외에는 어

느 정보도 믿지 말라고 했다. 글레이셔 포인트 주차장뿐만이 아니라 요세미티 국립공원 내의 어느 곳에서도 밤중엔 주차가 허용되지 않는다고 말했다. 이곳에서 밤을 새우고 싶다면, 요세미티 국립공원의 바깥에 차를 세워야 한다고 했다. 그리고 마지막으로 이렇게 말했다. "지금 당장 여길 떠나세요."

짐을 정리할 시간을 조금만 달라고 말하고 차로 돌아갔다. 눈앞이 깜깜했다. 한 치 앞도 보이지 않는 이 도로를 어떻게 달려야 하나 걱정이 앞섰다. 그래도 별수 없었다. 일단 떠나야 했다. 우린 뒷좌석을 펴지도 않은 채, 모든 짐을 뒤로 밀어 넣고 차를 뺐다. 레인저는 계속해서 우릴 따라왔다. 백미러를 보니 어딘가에 주차하고 있던 다른 관광객들도 줄줄이 따라오고 있었다. 도대체 다들 어디 숨어 있었던 걸까.

나는 우리가 왔던 입구로 향했다. 근데 문제는 내가 왔던 입구가 도대체 어디인지 잘 모르겠다는 것, 너무나 깜깜해서 아무것도 보이지 않는다는 것이었다. 아마 세 시간은 헤맸을 것이다. 요세미티 국립공원을 벗어나기 위해 어두컴컴한 도로 위를 달리고 또 달렸다. 칠흑 같은 산길을 자동차 등 하나에 의지해 달리는 게 이렇게 어려운 일일 줄이야. 언제 어디서 무엇이 튀어나올지 몰라 불안했다. 계속되는 어둠 속에서 운전하느라 시력은 서서히 감퇴하는 것만 같았다. 도대체 얼마나 더 달려야 이 거대한 요세미티 국립공원을 벗어날 수 있는 걸까. 대충 레인저가 오지 않을 것 같은 갓길에 차를 세울까 고민도 했지만, 또다시 걸리면 그때는 그냥 넘어가지 않을 게 뻔했다. 입구가 나타나길 바라며 달리는 수밖에 없었다.

보통 한 시간 조금 넘으면 도착했을 거리를 세 시간 가까이 달려 입구에 도착했다. 입구에서 조금만 내려가니 캠핑카 한 대가 갓길에 주차하고 있었다. 우린 그 뒤에 차를 대고, 다시 숙소를 만들었다. 짐을 다시 앞 좌석에 놔두고 침낭을 폈다. 여행을 통해 불확실성에 대한 면역이 생겨서였을까. 스트레스를 받아 잔뜩 예민해질 법도 한데, 우린 서로를 보고 웃으며, 손을 잡은 채 서로에게 수고했다고 말했다. 그리고 입김이 나는 요세미티의 어느 갓길에서 잠을 청했다.

 얼마나 잤을까. 짝꿍이 한 손에 카메라를 들고 나를 찍으며 이렇게 말했다. "밖에 눈이 왔어." 난 잠에서 덜 깬 상태로 창문을 봤다. 김이 서려 밖은 보이진 않았지만, 창문에 눈이 쌓여있는 게 보였다. 순간 잠이 확 깼다. 아니, 여길 올라올 땐 분명히 뜨거운 여름 날씨였는데. 아무리 산이라도 밤중에 이렇게 눈이 온다는 게 믿기지 않았다. 어이없는 상황에 터져 나오는 웃음을 막지 못하고, 껄껄거리며 웃다가 문을 열었다.

 문을 열고 밖을 봤는데 웃음이 다시 터져 나왔다. 어이가 없는 광경에, 새어 나온 웃음이 멈추질 않았다. 한겨울처럼 눈이 수북이 쌓여있었다. 낮엔 더워서 얇은 바람막이를 입는 것도 거슬릴 정도였는데, 한밤중에 이렇게 눈이 쌓이는 게 말이 되나 싶었다. 푸른 숲이 온통 하얀색으로 뒤덮여 있었다. 여름을 달려온 우리에게 찾아온 뜻밖의 겨울이었다. 우린 추위도 잊고, 갑자기 찾아온 겨울을 즐겼다. 코가 시릴 정도로 차가운 공기를 힘껏 들이마시고, 꽁꽁 언 손으로 눈을 모아 하늘로 흩뿌렸다. 크리스마스는 한참 멀었지만, 뜻밖의 크리스마스 선물을 받은 것만 같았다. 더 즐기다간 감기에 걸리겠다 싶어 차로 돌아가려는데, 차의 좁은 트렁크 안에 나란히 놓여 있는 침낭두 개가 보였다. 그 두 개의 침낭이 너무나도 따스하게 느껴졌다. 내가 묵은 숙소 중 최고의 숙소였다.

차를 정리하고 구불구불한 도로를 내려오니 화창한 날씨가 우릴 반겼다. 뜨거운 태양에 차에 쌓여있던 눈이 다 녹을 때쯤, 숨어 있던 무지개가 고개를 내밀었다. 구불구불한 길 때문에 보였다 안 보였다 하는 무지개를 보며 우리의 여행을 회상했다. 그리고 마음속으로 이렇게 말했다. '정말 완벽한 여행이었다.'

이건 정말 내가 본 것 중에 최고의 장면일 거야, 라는 생각이 계속해서 바뀌었던 캘리포니아 여행이었다. 다시 우리의 고향 시애틀로 올라가는 길, 우리가 지나쳤던 모든 길이 떠올랐다. 뷰 포인트에서 내려다봤던 환상적인 금문교, 샌그레고리오 해변의 언덕에서 감상했던 노을, 하프 문 베이의 아름다운 바다와 그 근처에서 먹었던 최고의 부리또, 빅 서어에서 제대로 만끽했던 1번 해안도로 드라이브, 다양한 의미의 감탄을 자아냈던 요세미티 국립공원까지. 기획도 엉성하고 연기도 어설펐지만, 그 어떤 영화보다 기억에 오래 남을, 우리만의 감동적인 영화를 만들고 온 느낌이었다.

다음은 어딜 가게 될까. 어디서 무얼 만나게 될까. 남은 시간 동안, 다시는 시애틀이 아쉽지 않도록 시애틀과 포틀랜드를 오가며 여유롭게 시간을 보낼 계획이었다.

그땐 전혀 예상할 수 없었다.
다음 주에 우리가 멕시코 땅을 밟고 있을 거라곤.

STANISLAUS
National
Forest

MEXICO
뜻밖의 제안

　요세미티 국립공원에서 시애틀로 돌아갈 땐 쉬엄쉬엄 가기로 했다. 대략 14시간이 걸리는 거리를 쉬지 않고 달리는 게 정말 바보 같은 짓이라는 걸 이젠 잘 알고 있으니까.

　기나긴 거리의 절반을 달려 오레곤주의 메드포드(Medford)라는 지역에서 하루를 머물렀다. 캘리포니아와 가까운 위치에 있는 곳이라 그런지, 오레곤주의 싼 물가와 캘리포니아의 따뜻한 날씨를 동시에 가진, 한적하고 고요한 동네였다. 이틀 동안 제대로 씻지 못해 찝찝했던 몸도 청결히 하고, 밀린 빨래도 하고, 재정비를 마친 우리는 포틀랜드를 거쳐 시애틀에 도착했다.

'드디어 집에 도착했구나.' 시애틀에 도착하니 드는 생각이었다. 축축하게 젖어 있는 도로, 구름 가득한 우중충한 하늘, 우중충한 하늘을 아름답게 바꿔주는 노을. 이 모든 게 내 마음을 편하게 만들었다. 차의 창문을 열고 시애틀의 공기를 힘껏 마셨다. 그제야 남아 있던 긴장이 다 풀렸다. 돌이켜 보니 꿈 같은 여행이었다. 정말 평생 기억에 남을 여행이었다.

우린 삼촌과 저녁을 먹으며 캘리포니아 여행에서 있었던 이야기를 풀었다. 삼촌은 자신의 오래전 과거를 회상하며, 우리는 어제를 추억하며 이야기를 나눴다. 그러다 삼촌이 불쑥 우리에게 물었다. "너희들 멕시코 가볼래?"

순간, 뇌가 5초 정도 정지했던 것 같다. 멕시코는 이번 여행에서 전혀 계획에 없던 곳이었다. 다른 곳도 계획에 없던 건 마찬가지였지만, 멕시코는 뭐랄까, 이번 여행뿐만이 아니라 내 인생에서도 전혀 생각해 보지 않은 곳이었다.

삼촌은 "캘리포니아는 힘들게 여행하고 왔으니까 멕시

코 가서는 아무것도 하지 말고 푹 쉬고 와. 비행기는 삼촌이 예약해줄 테니까."라고 말씀하셨다. 너무나 고마운 뜻밖의 제안을 받고, 어쩔 줄 몰라 하는 우리에게 삼촌은 신신당부했다. "이번엔 진짜 아무것도 하지 말고 푹 쉬다 와야 해."

캘리포니아 여행이 고생스럽다고 생각한 적은 없었다. 하지만 삼촌이 보시기엔 고생을 사서 하는 듯한 우리의 여행이 조금은 안쓰러우셨나 보다. 많이 보고 듣고 경험하는 것도 여행이지만, 쉼 또한 여행의 과정이라는 걸 알려주고 싶으셨나 보다. 뜻밖의 제안을 거절할 이유가 없었다. 우리의 고향 시애틀에 더 머무는 것도 좋지만, 미지의 세계로 발을 딛는 게 훨씬 더 신나는 일이었다.

우리에게 남은 여행 시간은 10일. 아무런 계획이 없던 우리에게, 또 하나의 이벤트가 찾아왔다. 이번 여행에서 마주했던 크고 작은 이벤트에 적응이 됐기 때문일까. 불안이나 걱정은 없었다. 마냥 설레고 기대됐다.

이게 삶의 묘미가 아닐까 싶었다. 주변의 무언가에 의

해, 주변의 누군가에 의해 내 삶이 전혀 예상치 못한 방향으로 흘러갈 수도 있다는 거. 그 변화에 의해 내 삶이 행복해질 수도, 때론 고통스러워질 수도 있다는 거. 그리고 그 변화를 어떻게 받아들이느냐에 따라 고통도 행복으로 바꿀 수 있다는 거.

앞으로도 예상치 못한 삶의 이벤트를 기꺼이 맞이하며 살아가고 싶다. 행복이 될지 고통이 될지 전혀 알 수 없지만, 내가 선택한 그 길에서 행복은 만끽하고, 고통은 감내하며 최선을 다해 살아가고 싶다.

멕시코는 어떤 곳일까. 아무런 정보가 없는 이곳에선 어떤 일이 우릴 기다리고 있을까. 행복한 일일까, 고통스러운 일일까. 뭐든 상관없다. 뭐든 좋다. 이제는 뭐든 두 팔 벌려 환영할 준비가 돼 있으니까.

MEXICO

Hola, Amigo

"Hola, Amigo" 우리말로 해석하자면, "안녕, 친구"다. 멕시코 거리를 돌아다니다 보면 여기저기서 이 말을 들을 수 있다. 한국에선 낯선 사람에게 '친구'라고 하며 다가서면, 아마 이상한 사람이라 생각해서 달아나거나, 매서운 눈초리로 경계할 것이다. 하지만 멕시코는 달랐다. 'Amigo'가 곧 'You'였다. 너도나도 다 친구였다. 모두가 친구인듯한 멕시코 사람들의 친근함 때문에 처음엔 그들이 다가오는 의도를 파악하는 게 쉽지 않았다.

"Hola, Amigo" 공항에서 내리자마자 목에 명찰을 달고 있는, 공항 직원인듯한 남자가 우릴 맞이했다. 어느 숙소로 가느냐는 그의 질문에 숙소 이름을 말했더니, 기다렸다는 듯이 안내를 해주겠다며 우릴 어느 데스크로 안내했다. 데스크에 서 있는 우리에게 어떤 여자가 와서 작은 사이즈의 칵테일을 한 잔씩 줬다. 뭔가 이상했다. 공항 직원이 이렇게 친절할 리가 없었다. 그들의 의도를 파악한 건, 5분 정도가 지나서였다.

그 남자는 우리에게 관광상품을 판매하기 위한 관광사 직원이었던 것. 기다리는 사람이 있어서 빨리 가봐야 한다는 거짓말로 끈질긴 직원을 겨우 따돌렸다. 우리에게 두 팔 벌리며 다가왔던 공항의 'Amigo' 덕분에, 멕시코에 도착하자마자 에너지를 절반은 뺏긴 기분이었다.

"Hola, Amigo." 첫날 숙소 근처에서 타코를 먹고 있는데 나와 눈이 마주친 할아버지가 기타를 들고 와서 인사를 건넸다. 그러더니 내 짝꿍을 위해 연주를 해주겠다며, 어깨에 메고 있던 기타 줄을 튕기기 시작했다. 그리고 부담이 될 정도로 열창을 하기 시작했다. 그것도 두 곡이나.

이게 무슨 상황인지 파악하려다 그냥 할아버지의 노래

를 감상하기로 했다. 노래가 다 끝나고, 눈치 없이 손뼉만 치고 있는 내게 할아버지는 찡긋하며 윙크를 보냈다. 여전히 눈치가 없는 내게 할아버지가 귓속말로 이야기했다. "Tip"

아, 그렇구나. 세상에 공짜는 없지. 아니, 근데 내가 원해서 음악을 들은 게 아닌데. 이거, 노래를 듣긴 잘 들었는데, 왜 돈을 뜯기는 기분일까. 머리에 많은 의문점이 생겼지만, 옆에서 가만히 서 있는 할아버지 'Amigo'에게 팁을 드릴 수밖에 없었다.

"Hola, Amigo" 늦은 밤, 바에서 칵테일을 마시고 숙소로 돌아가는 길이었다. 그런데 길거리에서 담배를 피우며 걸어가던 한 남자가 우릴 향해 인사를 건넸다. 어디서 왔냐는 그에게 한국에서 왔다고 답하니, "Korea?"라고 하며 굉장히 반가워했다. 한참 한국에 대해 아는 척을 하던 그는 대뜸 담배를 권했다. 나는 담배를 피우지 않아서 그의 호의를 거절했다. 근데 가만히 보니 담배가 아닌 거 같았다. 담배라고 하기엔 냄새가 훨씬 독하고 매캐했다. 뭔가 이상하다는 걸 눈치챈 내게, 그는 이렇게 말했다. "10 Dollars." 아, 내가 한국에서 와서 반가운 게 아니라, 마리화나를 팔 고객을 만나 반가운 거였구나. 그의 의도를 파악한 나는 단호하게 거절한 후 숙소로 향했다. 멕시코에서 만난 세 번째 'Amigo'였다.

이제야 'Amigo'라며 다가오는 사람들의 의도를 조금은 구별할 수 있겠다는 생각이 들 때쯤, 우린 어느 레스토랑에서 네 번째 'Amigo'를 만날 수 있었다.

저녁 늦게 타코를 먹고 숙소로 돌아가던 중, 바다를 걷는데 잔잔한 기타 소리와 젬베를 두드리는 소리가 났다. 그 소리를 따라가니 숙소 근처의 바에서 한 젊은 남자와 나이를 지긋이 드신 할아버지가 공연 중이었다. 나는 발걸음을 멈추고 그 자리에 서서 한참 동안 연주를 들었다. 젊은 남자의 잔잔한 보컬과 열정적인 할아버지의 연주에 쉽게 발걸음을 뗄 수가 없었다. 우린 이대로 지나칠 수가 없어 레스토랑에 들어가 칵테일을 시키고 자리에 앉았다.

식당 안에는 사람이 가득했다. 하지만 음악을 듣는 사

람보다는, 음식을 먹거나 지인들과 대화를 나누는 사람이 대부분이었다. 그들의 음악을 집중해서 듣는 건, 거의 우리뿐이었다. 멕시코를 더 멕시코답게 만드는 그들의 노래가 끝날 때마다, 나는 환호성을 지르며 박수를 보냈다. 한 시간 넘게 이어졌던 그들의 작은 콘서트가 끝나자, 나는 재빨리 지갑을 뒤졌다. 팁을 꺼내기 위해서였다. 그런데 현금이 없었다. 현금이 담긴 지갑을 숙소에 두고 온 것이다. 그때, 기타를 치며 노래를 부르던 남자가 우리 테이블로 다가와 "Thank you."라고 말했다. 나는 먼저 인사를 건넨 그에게 너무 좋은 공연을 들려줘서 고맙다고 말했다. 그리고 현금이 없어서 팁을 주지 못해 미안하다고 말했다. 하지만 그는 이렇게 말했다. "Forget about the tip."

사실 우리가 밖에 서서 자신의 음악을 들을 때부터 우리의 존재를 알아챘다고 했다. 그저 자신의 음악을 경청해줘서 너무나 고맙다고 했다. 진심으로 고마움을 표하는 그에게, 나는 거의 고개를 숙이다시피 고마움을 표했다. 서로에게 고마움을 전하고, 우린 따뜻해진 마음을 간직한 채 숙소로 돌아왔다.

우린 이후에도 그 레스토랑을 두 번이나 더 찾았다. 칵테일도 훌륭했지만, 그들의 음악을 듣기 위해서였다. 갈 때마다 그들은 우릴 반겼다. 할아버지는 쓰고 있던 모자까지 벗어 인사를 건넸다. 최고의 게스트가 왔다며 우릴 환영했다.

노래를 부르던 젊은 남자의 이름은 'Jose'였다. 그는 자신도 음악을 위해 세계 여행을 많이 다니는데, 그때마다 그 지역에 친구가 없어 여행하는데 애를 많이 먹었다고 했다. 그러니 혹시나 궁금한 게 있으면, 언제든지 연락하라며 자신의 SNS 계정을 알려줬다. 그리고 줄 게 있다며 주머니에서 무언가를 꺼냈다. 그가 치던 기타 피크였다. 그가 건넨 기타 피크를 받은 순간이 아마, 멕시코에서 가장 감동적인 순간이었을 것이다.

레스토랑에서 기타를 치며 노래를 부르던 'Jose' 그리고 그의 곁에서 열정적으로 연주를 하던 할아버지. 이 두 사람이 우리가 멕시코에서 만난 진짜 'Amigo'였다.

생각해 보니 그들은 우리에게 "Hola, Amigo"라며 먼저 다가오지 않았다. 그들의 첫 마디는 "Thank you"였다. 진짜 친구 사이엔 굳이 친구라는 단어가 필요 없는 걸지도 모른다. 진짜 친구 사이엔 굳이 긴 말이 필요 없을지도 모른다. 서로의 진심이 오가고, 서로의 마음을 표할 수 있으면, 그게 곧 친구 아닐까.

가끔 두 친구의 노래가 그리워 그때의 공연 영상을 돌려보곤 한다. 돈보다는 우리의 마음을 더 고마워했던 그들 덕분에, 짧게나마 서로의 마음을 공유했던 그들 덕분에, 우리의 멕시코 여행은 멕시코 날씨만큼이나 따뜻할 수 있었다.

MEXICO
파도와 맞서 싸우던 아저씨

    파도의 높이가 얼마였는지는 정확히 모르겠다. 고개를 돌리면 내 머리 위로 내 키보다 훨씬 큰 파도가 덮치기를 반복했다. 그 무서운 바다에 겁도 없이 들어간 나는 파도를 세게 맞은 탓에 정신이 어질어질해졌다. 이건 도저히 내 상대가 아니라는 사실을 깨닫고 바다 밖으로 나왔다. 나오는 동안에도 바다로 다시 돌아가는 파도에 한 번 휘청, 뒤에서 밀려오는 파도에 한 번 휘청. 이러다 어디 하나 부러지겠다 싶어 필사적으로 뛰쳐나왔다.

    원래 내가 생각하는 멕시코 휴양지의 바다는 이런 느낌이 아니었다. 잔잔한 바다 안에서, 그 속을 헤엄치는 물고기들과 함께 스노클링을 할 생각이었다. 그런데 태풍의

영향을 받아서인지, 높고 매서운 파도가 모든 걸 집어삼
켜 버릴 듯 넘실거렸다. 햇볕은 따가운데, 바다는 매서운
게 신기했다.

파도가 좀 가라앉길 기다리며 모래사장에 앉아 있었다.
다들 나처럼 바다로 들어갈 생각도 하지 않고, 일광욕만
즐기고 있었다. 아마, 잠시나마 그 안으로 들어갔던 나를
정신 나간 사람이라고 생각했을 수도 있다. 기다리면 기
다릴수록 높아지는 파도에 그냥 숙소로 돌아가야겠다고
생각한 순간, 그 파도를 향해 힘차게 걸어가는 사람이 있
었다. 까무잡잡한 피부, 긴 머리에 두꺼운 수염을 한, 나
이가 대략 쉰은 넘어 보이는 아저씨였다.

거센 파도 때문에 바다 안으로 진입하는 것조차 힘겨워
보였다. 하지만 결국 바다 안으로 들어가 바다에 둥둥 떠
있던 그는, 파도가 자신에게 가까워질 때마다 파도가 밀
려오는 방향으로 몸을 틀어, 파도 위를 서핑하듯 헤엄쳤
다. 아무 장비도 없이 맨몸으로 파도를 타는 사람은 처음
봤다. 그 용기가 참 대단했다. 하지만 안타깝게도 아저씨
의 맨몸 서핑 실력은 썩 좋지 않았다. 아니, 실력은 좋은

데 이 무서운 파도를 이겨낼 정도는 아니었다. 저러다 잘못되는 거 아닌가 싶을 정도로, 거센 파도에 계속해서 몸이 고꾸라졌다. 아저씨가 지금 바다에서 놀고 있는 건지, 아니면 바다에게 혼이 나고 있는 건지 헷갈렸다.

호되게 혼난 아저씨는 자리로 돌아와 맥주 한 캔을 마시고 담배 한 대를 피우기 시작했다. 자신을 혼내준 거친 바다를 응시하면서. 그는 담배를 다 피우고 벌떡 일어나 다시 파도로 걸어갔다. 그렇게 당했지만, 망설임이 없었다. 나는 그를 걱정했다. 파도가 더 거칠어졌기 때문이다.

괜한 걱정이었을까. 어디선가 환호성 소리가 들렸다. 그가 내는 소리였다. 그는 즐겁다는 듯이 거친 바다 한가운데서 환호성을 지르고 있었다. 파도가 높으면 높을수록 그 환호성 소리는 커졌다. 모래에 앉아 그가 맨몸 서핑을 하는 모습을 보는데, 걱정이 되기도 하고, 멋있기도 하고, 한편으론 웃기기도 하고, 복합적인 감정이 생겼다.

한참을 바다와 씨름하던 아저씨는 이제는 만족한다는 표정을 지으며 바다를 나왔다. 바다에서 나오면서도 몇 번을 고꾸라졌다. 겨우 바다에서 벗어난 그는, 자신을 호

되게 혼내준 바다를 향해 엄지를 척 치켜들었다. 그 모습
이 얼마나 멋있던지.

사실 처음엔 아저씨의 모습이 우스꽝스러워 웃고 말았
다. 하지만 숙소로 돌아와 생각할수록 그 모습이 너무 멋
있었다. 도전, 그 자체였기 때문이다. 비록 실력이 안 되
더라도 겁내지 않고, 당당히 도전하는 대상과 맞서 싸우
며, 도전이 끝난 후에는 그 대상에게 경의를 표하는 모습.
그 모습에서 나는 '도전'이라는 단어를 떠올렸다.

도전은 실력을 갖춘 상태에서 하는 게 아니라 부족하더
라도 겁 없이 덤벼드는 것이다. 혹시나 만족스러운 결과
가 나오지 않더라도 창피하다고 생각하지 않고 끊임없이
덤비는 것이다. 남들의 시선을 신경 쓰지 않고 자신이 만
족할 때까지 거듭 도전하면 그게 곧 멋이다. 성공 여부와
상관없이 도전하는 것 자체가 멋이다. 아무런 장비 없이,
심지어 제대로 된 수영복도 없이, 거센 파도에 바지의 주
머니가 밖으로 다 튀어나왔던 멕시코 해변의 어느 아저씨
를 보며 느낀 것이었다.

그 아저씨를 보며 나도 다시 한번 들어가 볼까 생각했지만, 나는 그 정도로 도전적이진 않나 보다. 도전도 중요하지만, 내 목숨도 소중하니까. 아저씨의 도전을 보고 영감을 받은 우리는, 도전적으로 타코를 먹기 위해 타코 가게로 향했다.

MEXICO
너무 열심히 하면 먹고 노는 것도 일이다

　멕시코에 도착한 지 대략 3일째 되던 날, 컨디션이 조금
씩 나빠지기 시작했다. 심하게 아파서 걸어 다니지 못할
정도는 아니었다. 더 열정적으로 먹고, 더 열정적으로 수
영할 수 없을 뿐이었다. 별로 큰일이라고 생각하지 않았
다. 갑자기 변한 날씨 때문에 몸이 적응하지 못한 탓이라
고 생각했다.
　그런데 날이 지나면 지날수록 컨디션이 별로였다. 신기
하게도 타코를 먹고 바다에서 수영할 때는 몸이 괜찮다
가, 이제는 좀 쉬어야겠다는 생각으로 숙소에만 들어오면
컨디션이 나빠졌다. 아파서 아무것도 못 하는 상태는 아
니었지만, 그렇다고 온전치는 않은, 그런 답답한 상태가

이어졌다.

내일은 꼭 제 컨디션을 찾아 더 열정적으로 먹고, 마시고, 놀리라 다짐하며 잠을 청했다. 하지만 잠을 자다가 깨버리고 말았다. 위가 쓰렸기 때문이다. 내 위를 누가 송곳으로 벅벅 긁는 느낌이었다. 옆으로 누우면 조금 괜찮아졌다가, 정자세로 누우면 속이 쓰렸다. 쓰린 속 때문에 잠을 설친 나는, 다음 날 화장실을 가고 나서야 깨달았다. 내가 배탈을 겪고 있었다는 것을.

장염인지, 위염인지, 식중독인지, 노로바이러스인지 알길은 없었지만, 어쨌든 배에 탈이 난 건 확실했다. 하루에도 열 번은 넘게 화장실을 들락날락했기 때문이다. 뭘 잘못 먹었길래 배탈이 났을까. 우리가 먹은 것들을 떠올렸다. 많은 것들이 스쳐 지나갔다. 너무 맛있어서 두 번이나 찾았던 생선 타코 가게에서 먹었던 생연어와 참치 타코가 유력한 후보였다. 멕시코에 왔으면 길거리 타코 정도는 먹어봐야지 하며 먹었던, 위생은 여기저기 들러붙는 파리에게 양보한 것만 같았던 타코도 유력했다. 나만큼이나 컨디션이 좋지 않았던 짝꿍이 컨디션 회복을 위해서는 길거리에서 파는 하와이 아이스크림이 필요하다면서 먹었던 아이스크림도 문제였다. 큰 얼음을 칼로 긁어 담은 얼음 컵에, 정체를 알 수 없는 색소를 잔뜩 뿌린 아이스크림이었다. 혀가 마비될 정도로 단 길거리 아이스크림, 이것도 유력했다.

먹은 것 때문이 아닐 수도 있었다. 어느 가든 옆에 흐르는 강에서 수영한 적이 있는데, 그때 무슨 기생충에 감염이 됐을 수도. 매일 쉬지도 않고 파도와 맞서 싸우다 바닷물을 너무 많이 먹어서 그럴 수도. '우리 참 많이도 먹고, 많이도 놀았구나.' 배탈의 원인을 찾으려 멕시코에서의 여행을 돌이켜 보는데 웃음이 나왔다.

분명히 푹 쉬고 오리라 다짐했는데. 그래서 카메라도 들지 않고, 먹고, 마시고, 바다에서 수영만 했는데. 결국, 탈이 나고야 말았다. 먹고, 마시는 것도 너무 열심히 하면 탈이 나는 법인데, 우리 성격상 다 먹어보고 다 마셔보지 않을 수가 없었다. 멕시코에서만 맛볼 수 있는 수많은 음식과, 싼 가격에 마실 수 있는 최고의 칵테일이 매일 우리를 기다리는데, 어떻게 그걸 그냥 지나칠 수가 있겠어.

우린 미국으로 다시 돌아가기 전, 마지막 만찬을 즐기기 위해 다시 거리로 나섰다. 마지막 만찬으로는 조금 아쉬운 퓨전 멕시코 음식을 먹고, 그 아쉬움을 회복하기 위해 공연을 하고 있을 우리의 친구들을 만나러 레스토랑에 들러 칵테일을 시켰다. 여전히 속이 좋진 않았지만, 그 상태로 칵테일을 홀짝이며 친구의 노래를 감상했다. 내 컨디션과 달리 음악은 역시나 훌륭했다. 나는 마지막으로 남은 100페소의 현금을 들고, 그들에게 건네며 이렇게 말했다. "당신들 덕분에 정말 환상적인 멕시코 여행을 하다 가요. 정말 고마워요."

일주일간의 멕시코 여행은 나도 모르는 사이에 빠져들었던 낮잠, 그 낮잠 사이에 잠시 꿨던 꿈같다. 즐거웠지만, 더 좋은 컨디션으로 즐기지 못해 못내 아쉬운, 한편으론 어떻게 그 상태로 이렇게 많은 걸 했을까 대단하기도한, 아쉬움이 남기에 다시 한번 가고 싶은, 그런 여행이었다.

시애틀로 돌아가는 비행기에 올라타서 중요한 사실 하나를 깨달았다. 이제 한국으로 돌아갈 날이 이틀밖에 남지 않았다는 사실이었다.

이번 여행 내내 거의 계획 없이 움직였던 우리였지만, 남은 이틀 동안은 명확한 계획이 있었다. 우리가 그토록 그리워했던 시애틀을, 아쉬움이 남지 않도록 온전히 느끼는 것이었다.

SEATTLE
누군가를 기억해준다는 것

한국으로 돌아가기 위해 또다시 PCR 검사를 받아야 했다. 일부러 시애틀 시내에서 검사를 예약하고, 아침 일찍 시내로 향했다. 도로 위에서 마주하는 시애틀 시내의 전경은 언제나 멋있지만, 아침에는 더 특별했다. 잔뜩 구름이 낀 도시의 풍경이 이렇게나 잘 어울리는 건, 시애틀이 최고이지 않을까 싶다. 곧 다시 헤어져야 한다는 아쉬운 마음 때문에, 운전하면서도 최대한 많은 풍경을 눈에 담으려 노력했다.

검사는 순식간에 끝났다. 건네받은 면봉으로 코를 후비고 다시 건네주면 끝이었다. 시계는 오전 9시를 가리키고 있었다. 시간이 참 많이 남았다는 사실에 기분이 좋았다.

우린 곧장 파이크 플레이스 마켓(Pike Place Market)으로 향했다. 시애틀에서의 마지막 시간을 보내기에 이보다 좋은 곳은 없었다.

허기진 배를 채우기 위해 우리가 자주 먹던 'Pike's Pit Bar-B-Que'에 들렀는데, 너무 일찍 온 탓에 문이 닫혀 있었다. 어딜 갈까 하다가 시애틀 최고의 치즈 가게 'Beecher's'에서 치즈 샌드위치를 사고, 그 옆에 있는 스타벅스 1호점에 들렀다.

사실 처음 시애틀을 방문했을 때를 제외하곤, 스타벅스 1호점을 잘 찾지 않았다. 스타벅스의 커피 맛은 전 세계 어딜 가나 똑같은데, 군이 수많은 관광객 때문에 줄을 서야 하는 그곳에서 커피를 마시고 싶진 않았기 때문이다. 하지만 그날 아침엔 선택권이 없었다. 이른 아침에 문을 여는 곳은 스타벅스가 거의 유일했기 때문이다. 다행히 아침이라 그런지 줄을 서는 관광객들은 없었다. 그래서 좀처럼 만나기 힘든 '한적한 스타벅스 1호점'에 들어가서 커피를 주문했다.

"Hi." 메뉴판을 보다가 너무나 밝은 목소리로 인사하는 직원의 목소리에 고개를 돌렸다. 아주 고운 얼굴을 한 할머니가 서 계셨다. 근데 그 얼굴이 낯설지 않았다. 언제인지 정확히 기억나지는 않지만, 전에도 이 할머니가 나를 친절히 맞이했던 기억이 났다.

평소처럼 "플랫 화이트 두 잔이요."라고 주문해도 될 것을, 굳이 뒤에 한 문장을 더 붙이기로 했다. "플랫 화이트 두 잔이요. 근데 저 당신을 몇 년 전에도 본 거 같아요." 그런데 할머니의 반응이 감동이었다. 할머니는 두 손을 모아 자신의 가슴에 얹으며 "맞아요. 아마, 제가 맞을 거예요. 계속 여기서 일했거든요. 기억해줘서 정말 고마워요."라고 말씀하셨다. 할머니의 진심 가득한 반응에 기분이 좋아진 나는 "코로나 이전에는 매년 시애틀을 찾았는데, 코로나 때문에 작년엔 올 수가 없었어요."라고 말을 이어갔다. 그랬더니 할머니가 이렇게 말씀하셨다. "다시 시애틀을 찾아줘서 고마워요."

그 후로도 짧은 이야기가 오갔다. 어디서 왔냐는 질문에 한국에서 왔다고 대답하자, 자신도 몇 년 전에 한국에 갔다고 했다. 나보고 인천에 있는 스타벅스를 가봤냐고 물었다. 그곳에 있는 스타벅스는 간판과 메뉴가 모두 한글이라 참 인상적이었다고 했다. 아마, 인천과 인사동을 헷갈리셨나 보다. 인사동이라고 수정해드릴까 하다가 그냥 "꼭 가볼게요."라고 말하며 대화를 마무리했다. 그리고 뒤를 돌아서려는데 할머니가 내게 우리말로 이렇게 말했다. "감사합니다." 그래서 나도 우리말로 답했다.
"감사합니다."

치즈 샌드위치와 스타벅스 커피를 들고 우리가 항상 음식을 먹는 야외로 향했다. 전날 비가 왔는지 테이블이 젖어 있어, 비교적 물기가 없어 보이는 콘크리트 계단에 아무렇게나 앉았다. 샌드위치를 한입 물고, 스타벅스 커피를 한 모금 마셨다. 맛있었다. 스타벅스 커피를 좋아하지는 않지만, 솔직히 말하면 스타벅스에서 커피 마시는 게 돈이 아까울 정도로 스타벅스 커피를 싫어하는 사람이지만, 이 커피는 맛있었다. 내가 마신 스타벅스 커피 중에서 가장 맛있었다. 아마, 할머니의 친절함이 녹아 있어서 그랬을 것이다.

누군가가 나를 기억해준다는 사실이 그렇게나 고마운 일일까. 단지 내가 고객이기 때문에 그렇게 표현한 거라고 하더라도, 과연 그렇게 진심을 담아 표현할 수 있는 사람이 몇이나 될까. 할머니의 친절함과 고마움을 표현하는 태도에 감동한 나는 문득 이런 생각이 들었다. 그냥 주문만 하고 나왔다면 이런 추억도 없었겠구나. 그냥 흘러가듯 건넨 한 마디가 할머니와 내게 감동을 선물했구나.

내년에 또 시애틀을 찾는다면, 다음엔 꼭 스타벅스 1호점을 다시 들러야겠다. 그리고 똑같은 음료를 주문하면서 할머니에게 이렇게 안부 인사를 건네야겠다. "저 또 왔어요. 잘 지내셨죠?"

SEATTLE
산타클로스 할머니

시애틀에서의 마지막 날이었다. 마지막은 왠지 특별해 야 한다고 생각할 수 있지만, 우리는 평범함을 택했다. 평 범하게 우리가 먹었던 것들, 평범하게 우리가 머물렀던 곳들을 택했다. 이곳에서의 평범한 것들이 우리에겐 너무 나도 특별하니까.

파이크 플레이스 마켓에 또다시 들렀다. 시장의 입구에 서 생선을 던지는 생선 가게 직원들을 또 구경했다. 한쪽 발에 탬버린을 달고 마스크를 눈까지 덮어쓰며 노래를 부 르는 뮤지션의 음악을 감상했다. 이걸 굳이 왜 보는 거지, 라고 생각했던, 사람들이 씹던 껌을 잔뜩 붙여 놓은 검월 (Gum Wall)도 갔다. 축축한 날씨 덕분에 껌의 냄새가 더 욱 진하게 났다. 시장의 지하에도 내려갔다. 온갖 잡동사니와 기념품을 파는 곳이다. 뭘 딱히 사지 않아도, 이곳에서 나는 냄새가 좋아서 들르는 곳이다. 지하 특유의 냄새와 오래된 잡동사니, 오래된 책, 각종 인센스 스틱의 향이 뒤섞인, 뭐라 설명할 수 없는 냄새다. 가끔 이곳의 냄새가 떠오를 정도로, 내겐 친숙하고 그리운 냄새다. 앞으로 한참은 못 맡겠구나, 하는 생각에 그곳의 향기를 마음에 담으며 정처 없이 걸었다. 그리고 시장 근처에 있는 'Anchorhead Coffee'에 들렀다. 주문한 커피를 한 모금 마신 나는 깜짝 놀랐다. 이렇게 맛있는 커피를 제공하는 카페를 여태 한 번도 들르지 않았다는 게 놀라울 따름이었다. 아무리 많이 오고, 많은 곳에 들러도, 아직 새로운 게 남아 있다는 사실이 신기했다. 다음에 오면 아무 고민 없이 들를 수 있는 카페를 찾았다는 생각에 기분이 좋아졌다. 다음은 어딜 갈까. 딱히 떠오르는 곳이 없었다. 우린 다시 파이크 플레이스 마켓으로 향했다.

제법 관광객들이 많아져서 시장이 붐볐다. 활기찬 상인들의 목소리와 밝은 표정으로 시장을 구경하는 관광객들의 목소리가 어우러져 기분 좋은 소음을 냈다. 덩달아 기분이 좋아진 우리는 시장의 이곳저곳을 기웃거렸다. 그러다 우릴 멈춰 세운 게 하나 있었다. 가판대에 가지런히 놓여 있는 산타할아버지 기념품이었다. 자세히 다가가서 보니, 조개껍데기에 그려진 산타였다. 가격은 크기에 따라 다양했다. 보통은 사지 않을 비싼 가격이었다. 하지만 오늘은 시애틀에서의 마지막 날이었다. 한국으로 돌아가서도 시애틀을 추억할 수 있는 물건을 꼭 하나 사야 한다면, 이만한 기념품이 없다고 생각했다. 어떤 산타 할아버지를 데려갈까 한참을 고민했다. 유독 한 할아버지가 눈에 띄었다. 크기는 작았지만, 굉장히 귀엽게 생긴, 동글동글한 얼굴과 빵빵한 볼이 매우 탐나는 할아버지였다. 난 조심스럽게 조개껍데기를 들어 뒷면을 확인했다. 38달러였다. 아, 내게 남은 현금은 30달러가 전부인데. 카드 결제는 안 될 것 같았다. 이런 곳에선 보통 현금이 오가기 때문이다. 그렇다고 해서 아쉬운 마음 가득 안고 썩 맘에 들지 않는 산타 할아버지를 살 수는 없었다. 나는 혹시나 하는 마음에 할머니에게 물었다.

"죄송하지만 저희가 지금 현금이 30달러 밖에 없어서 요. 내일 다시 한국으로 돌아가는데 여기 있는 할아버지 를 기념으로 가져가고 싶어요. 혹시 가능하다면 카드로 결제 가능할까요?" 할머니는 아주 인자한 목소리로 이렇 게 말씀하셨다. "괜찮아요. 30달러에 가져가세요."

나는 할머니에게 거듭 감사하다고 말하며, 조심스럽게 포장된 산타 할아버지를 주머니에 담았다. 그리고 할머니 에게 덕분에 최고의 크리스마스를 보낼 것 같다고 말했 다. 산타 할머니가 주신 산타 할아버지였다. 가슴이 따뜻 해졌다.

걷고 또 걸으면서 최대한 많은 걸 눈에 담고, 많은 걸 귀에 담았다. 아쉬운 마음이 들지 않도록, 사소한 것도 지나치지 않으려고 했다. 시장을 얼마나 걸었는지 모르겠다. 몇 번이고 봤던 스페이스 니들을 보기 위해 빗길 운전도 마다하지 않았다. 시애틀에 올 때마다 들렀던 KEXP 라디오 방송국이 있는 카페도 들렀다. 저녁이 올 때까지 시애틀을 우리의 마음에 담기 위해 걷고 또 걸었다. 그렇게 마음에 꾹꾹 눌러 담아도 아쉬운 건 어쩔 수 없었다.

꿈 같았던 41일간의 여행을 끝마칠 시간이었다. 헤어짐은 언제나 아쉽다. 하지만 전보단 괜찮았다. 그 어느 때보다 후회 없는 여행을 했다는 뜻이겠지. 우리는 오랜만에 만난 시애틀에게 다음을 기약하며 작별의 인사를 건넸다. 이제는 정말 돌아가야 할 시간이다. 우리의 집, 한국으로.

KOREA
일상을 여행해야지

아침 여섯 시 출발이었다. 잠이 덜 깬 상태로 비행기에 탑승한 우리는 캐나다 공항에 도착했다. 공항에서 다섯 시간 동안의 '캐나다 공항 여행'을 끝마친 우리는, 약 열 시간의 비행을 마치고 인천공항에 도착했다.

이번 여행은 조금 길었기 때문이었을까. 아직 시차가 적응되지 않아서였을까. 한국에 왔는데 마치 새로운 나라로 여행을 온 것만 같은 기분이었다. 약간은 멍한 상태로 공항철도를 타고 김포공항에서 9호선으로 갈아탔다. 여전히 멍한 상태로 석촌역에서 내려 택시를 기다렸다. 여행 첫날 버스를 43분이나 기다리다가 탔던 우버 택시가 떠올랐다. 성격이 급한 탓인지 자꾸 멀미를 유발했던 멕시코의 택시 기사도 생각났다. 모두 즐거운 순간이었다.

택시를 기다리며 주변을 둘러봤다. 익숙한 풍경이었지만, 묘하게 어색했다. 저 멀리서 반짝이는 거대한 롯데타워가 참 멋있게 보였다. 시애틀을 대표하는 타워, 스페이스 니들보다도 훨씬 높고 웅장한 타워였다. 문득 이런 생각이 들었다. '한국을 여행하는 외국 관광객들에겐 저 롯데타워가 평생의 추억이 되겠지.'

누군가에겐 저기 보이는 롯데타워가 최고의 관광명소일지도. 누군가에겐 한국이 최고의 관광지일지도. 내겐 너무나 평범한 일상이 누군가에겐 너무나 특별한 추억일지도. 누군가에게는 너무나도 그리운 추억으로 남아 있을 이곳에 지금 내가 서 있었다.

'그래, 지금부터는 한국을 여행하자.' 다시 떠나는 날까지 한국을 여행하자고 다짐했다. 다시 떠나는 날까지, 일상을 여행하자고 다짐했다. 다음 여행을 위해서, 일상을 여행하는 마음으로, 매 순간을 놓치지 않으며 살아가자고 다짐했다.

EPILOGUE

꿈을 꿨다. 나는 꿈에서 그토록 그리웠던 시애틀에 있었다. 보고 싶었던 삼촌도 만나고, 올림픽 국립공원에서 입을 떡 벌어지게 만드는 자연도 만났다. 마치 영화의 한 장면 같았던 캘리포니아 해안도로도 달리고, 가뭄으로 물이 다 말라버렸던 요세미티 국립공원도 갔다. 어쩌다 보니 멕시코까지 가서 신나게 놀고, 먹고, 마셨다. 깨어나기 싫을 만큼 환상적인 꿈이었다. 하지만 평생 꿈에 살 수는 없는 법. 눈을 뜨고 일상을 맞이했다. 그런데 꿈을 꾸고 났더니 이런 생각이 들었다. '다시 떠나는 날까지 정말 열심히 살아야지.'

일상을 잃어버린 2년 동안 알 수 없는 공허함과 무기력함에 시달렸다. 극복하기 위해 운동을 하며 몸을 괴롭혔지만, 근원적인 문제는 해결되지 않았다. 마음 한구석에 자리잡힌 공허함은 사라질 기미를 보이지 않았다.

일상의 회복이 필요했다. 북적거리는 술집에서 친구들과 술을 마시는 것도, 내가 좋아하는 카페에서 맘 편하게 이야기를 나누는 것도 어려웠다. 간헐적이긴 하지만, 내겐 여행도 하나의 일상이었다. 매년 시애틀을 찾았던 내게 시애틀은 마음의 고향이었다. 내가 그동안 시애틀을 얼마나 그리워했는지, 사람들에게 아무리 설명해도 잘 이해하지 못할 것이다.

2021년, 9월 24일. 우린 2년 만에 인천공항을 찾았다. 그리고 비행기가 이륙하는 순간, 내 가슴 안에 있던 부정적인 감정들이 저 멀리 날아가기 시작했다. 그리고 시애틀에 도착한 순간, 그 빈 자리에 내 심장을 뛰게 만드는 긍정적인 감정들이 차곡차곡 쌓이기 시작했다.

계획하지 않았고, 서두르지 않았던 41일간의 여행이었다. 여행하는 동안 과거는 잊은 지 오래였다. 내일에 대한 불안 따위도 잊었다. 그저 오늘만 생각했다. 그저 마음이 끌리는 곳으로 발을 움직였다. 그래서 고생하기도 했지만, 평생 잊지 못할 선물을 받기도 했다. 계획을 세우느라 머리를 쓰지 않아도, 계획을 지키느라 마음을 쓰지 않아도, 목표를 위해서 서두르지 않아도 충분히 즐거운 여행이었다. 아니, 너무나 환상적인 여행이었다.

여행을 마치고 돌아오니 사람들이 묻는다. 다음 계획은 뭐냐고. 글쎄, 모르겠다. 여전히 구체적인 계획은 없다. 이 원고를 다 쓰고 나면, 어딘가로 다시 떠나고 싶다는 바람은 있다. 어디가 될지는 모르겠다. 어디든 좋다.

일단은 다시 떠나는 날까지 한국을 여행하고 있을 것이다. 여행하며 받았던 기운을 가지고, 일상을 더 충실히 여행할 것이다. 그러다 보면 언젠가는 또 다른 꿈을 꾸고 있겠지. 그 꿈에서도 때론 고통받으면서, 때론 뜻밖의 감동에 눈물을 글썽거리면서 신나게 여행하고 있을 것이다. 그 꿈에서도 마음이 가는 대로 발을 움직이며 신나게 걸어가고 있을 것이다.

계획하지 않아도 서두르지 않아도

초판 1쇄 발행 2022년 3월 4일
초판 2쇄 발행 2022년 5월 17일

지은이 강주원
펴낸이 강주원

펴낸곳 비로소
전자우편 biroso_publisher@naver.com
등록번호 2019년 9월 10일(제2019-000030호)

ISBN 979-11-966565-7-7 03810